I'm
hwyrion a'm hwyresau
– un ar ddeg ohonynt

Beth a Ruby

Branwen, Guto a Siwan

Rebeca, Hanna ac Erwan

Osian, Iwan a Deio

gan obeithio y byddant yn chwifio'r
Ddraig Goch weddill eu hoes.

Maes Bosworth

R. Cyril Hughes

DYDDIADUR

RHYS AP GWILYM GAM

Awst 1485

pan oedd tua phymtheg oed

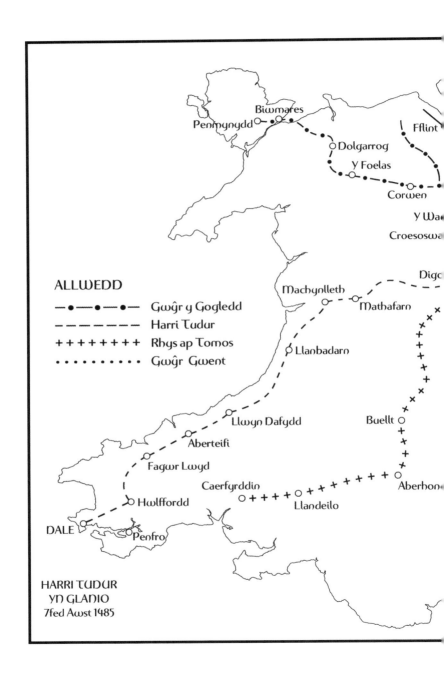

ALLWEDD

— • — • — • — Gwŷr y Gogledd
— — — — — Harri Tudur
+ + + + + + + Rhys ap Tomos
• • • • • • • • • • Gwŷr Gwent

Biwmares
Penmynydd
Fflint
Dolgarrog
Y Foelas
Corwen
Y Wa
Croesoswa

Machynlleth
Mathafarn
Dig

Llanbadarn

Llwyn Dafydd
Buellt

Aberteifi

Fagwr Lwyd
Aberhon

Caerfyrddin
Hwlffordd
Llandeilo

DALE
Penfro

HARRI TUDUR
YN GLANIO
7fed Awst 1485

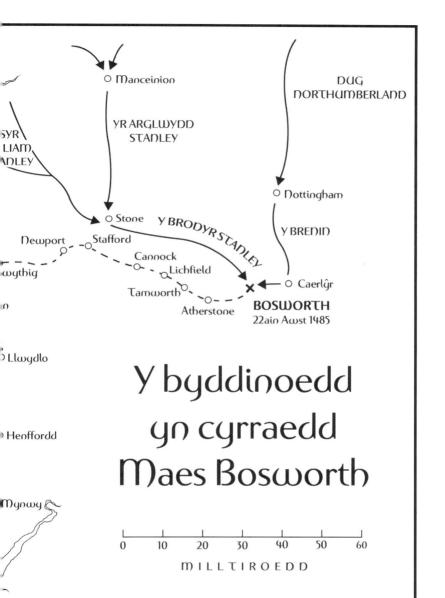

○ Manceinion

YR ARGLWYDD
STANLEY

SYR
LIAM
NLEY

DUG
NORTHUMBERLAND

○ Nottingham

Y BRODYR STANLEY

Y BRENIN

Newport

Stafford

Cannock

○ Lichfield

Tamworth

Atherstone

× ○ Caerlŷr

BOSWORTH
22ain Awst 1485

wythig

n

Llwydlo

Henffordd

Mynwy

Y byddinoedd
yn cyrraedd
Maes Bosworth

```
|    |    |    |    |    |    |    |
0   10   20   30   40   50   60
```

MILLTIROEDD

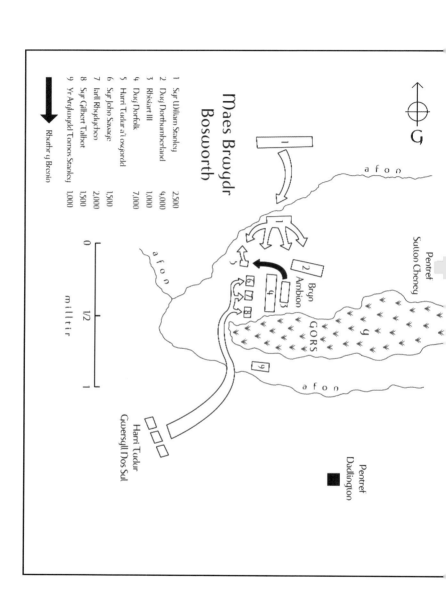

Maes Brwydr Bosworth

1 Syr Wiliam Stanley — 2,500
2 Dug Northumberland — 4,000
3 Rhisiart III — 1,000
4 Dug Dorfolk — 7,000
5 Harri Tudur a'i osgordd
6 Syr John Savage — 1,500
7 Iarll Rhydychen — 2,000
8 Syr Gilbert Talbot — 1,500
9 Yr Arglwydd Tomos Stanley — 1,000

Rhuthr y Brenin

Pentref
Sutton Cheney

a f o n

a f o n

GORS

a f o n

Bryn
Ambion

Harri Tudur
Gwersyll Dos Sul

Pentref
Dadlington

0   1/2   1
m i l l t i r

G

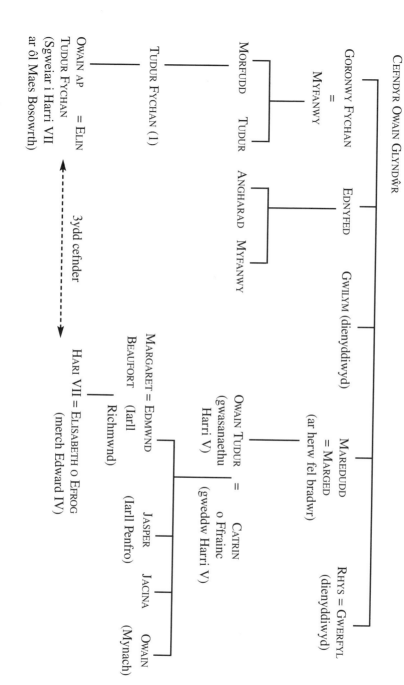

CYSYLLTIAD TEULU PENMYNYDD Â HARRI VII

Mae rhai brwydrau yn newid hanes gwledydd, megis Brwydr Hastings ym 1066, Waterloo ym 1815 a Normandi ym 1944. Un o'r rhain oedd brwydr Maes Bosworth yn y flwyddyn 1485. Ni fu hanes Cymru a Lloegr byth yr un fath ar ôl buddugoliaeth annisgwyl a syfrdanol Harri Tudur dros y 'Baedd', sef y Brenin Rhisiart III, y mis Awst hwnnw ger Caerlŷr.

Yr hanner-Cymro, Harri Tudur, Ail Iarll Richmond (1456–1509), oedd sylfaenydd y Tuduriaid, y teulu brenhinol mwyaf galluog a welodd gorsedd Lloegr ers dyddiau Wiliam Goncwerwr; bu'r Tuduriaid yn teyrnasu rhwng 1485 a 1603. Yn ystod y cyfnod hwn, gosodwyd seiliau cadarn ar gyfer nifer o ddatblygiadau bywyd modern yng Nghymru a Lloegr mewn llawer o wahanol feysydd – gwleidyddiaeth, crefydd, celfyddyd, masnach, llenyddiaeth, gwyddoniaeth, meddygaeth a thechnoleg. Dechreuodd pobl ddangos teyrngarwch at fudiadau yn hytrach nag at unigolion pwerus. Yn wir, newidiwyd y ffordd yr ydym yn meddwl am y byd a'r cread wedi'r canrifoedd Mediefal sefydlog eu meddylfryd a di-gwestiwn eu hagwedd.

'A'r baedd oer i'r bedd yr aeth …'
Lewis Glyn Cothi

PENMYNYDD
(1470–1485)

Fy enw i ydi Rhys ap Gwilym Gam, ac rydw i'n byw ar fferm Plas Penmynydd yn Sir Fôn. Rwy'n credu fy mod dros bymtheg oed erbyn hyn; dydw i ddim yn hollol siŵr o hynny, ond dyma fy stori.

Cefais fy ngeni yn llofft y stabal yn Mhlas Penmynydd, lle mae'r morynion yn cysgu, ac yma yr ydw i wedi byw erioed. Mae fy rhieni wedi gweini yn y plas er pan oedden nhw'n blant eu hunain ac mae gen i chwaer, Lleucu, sy'n dipyn hynach na mi – mae hithau'n forwyn yma hefyd.

Fy nhad ydi Gwilym Gam, a fo bellach ydi pen-gwas neu hwsmon Plas Penmynydd; mae gan y Meistr, Owain ap Tudur Fychan, feddwl mawr ohono. Mae gan y feistres, Elin ach Gruffydd, feddwl y byd o fy mam hefyd. Ers i Nhad gael ei wneud yn hwsmon, mae ganddon ni fwthyn bach ar y fferm. Does gennym ni ddim tir yn eiddo i ni, dim ond gardd i dyfu llysiau y tu ôl i'r beudái, ond rydan ni'n lwcus. Cawn faint a fynnwn ni o lefrith, menyn a chaws, a grawn i Mam gael pobi bara. Mi fydd yna gig weithiau hefyd, ac ychydig o wyau.

Pan oeddwn i'n ifanc iawn, fi oedd yn cael mynd i gasglu'r wyau o nythod yr ieir a dyna sut y dysgais i gyfrif. Roedden ni'n cael cadw un o bob deg o'r wyau, a'r lleill yn mynd i gegin y plas ac i'w gwerthu ym marchnad Llangefni. Weithiau byddai ambell iâr yn penderfynu mynd i 'ddodwy allan', hynny ydi, mynd i drio dodwy ar y slei yn y goedlan neu'r eithin gan obeithio cadw llond nyth o wyau er mwyn iddi gael gori arnyn nhw a chael cywion bach. Y fi fyddai'n mynd i chwilota am y nythod hynny. Doedd hi ddim yn anodd gan y byddai'r iâr druan yn methu peidio â chlwcian ei phleser o fod wedi dodwy ŵy arall, ac felly'n bradychu lle'r oedd ei nyth dirgel. Bob tro y byddwn yn darganfod un o'r nythod hynny fe gawn i wobr gan Meistres – dyrnaid o gnau neu lwyaid fawr o fêl, neu afal.

Pan oeddwn yn cael rhywbeth felly, mi fyddwn i'n trio tynnu sylw Angharad, merch y plas, i'w rannu hefo hi. Mae hi tua'r un oed â mi, ond doedd hi ddim i fod i chwarae hefo ni blant y gweision. Yn ddistaw bach mi rydan ni'n ffrindia mawr ac mi rydw i'n dal i drio tynnu ei sylw hi mor aml â phosibl! Yr Asgwrn Dafydd! Mae Angharad yn ddel, cyn ddeled â Lleucu hyd yn oed, ond priodi mab rhyw blas arall fydd raid iddi hi, mae'n siŵr. Mab Tregarnedd neu Bodynys, neu rywle pwysig arall.

Gwaith caled ydi bywyd pob gwas, a hynny o fore gwyn tan nos, bron bob dydd o'r flwyddyn. Yn y gwanwyn, mi ddysgais aredig y tir a hau hadau, a phan fydd y grawn yn dechrau egino a thyfu daw plant y gweision i helpu gyda'r clapiwr pren a dychryn brain Dyffryn Ceint. Wrth gwrs, fedrwch chi mo'u rhwystro nhw'n llwyr – ac mae'r hen adar eisiau byw hefyd, yn tydyn?

Mae pawb ar y fferm wrth eu bodd gyda phrysurdeb y ddau gynhaeaf – torri'r gwair ddechrau'r haf ac yn nes ymlaen lladd ŷd, a'r hen gesig mawr amyneddgar yn llusgo'r cwbl yn ôl i fferm y plas. Mae'n rhaid adeiladu teisi mawr efo'r gwair a'r ŷd, ac mi ddysgais sut i doi'r das i gadw'r glaw allan, ac i wneud rhaffau efo'r gwellt drwy ei droi a'i droi, fel y bydd Mam yn troi gwlân rhwng ei bysedd i wneud edafedd.

Yn yr hydref rhaid aredig ychydig eto, i dyfu ceirch dros y gaeaf. Mae'r plant ieuengaf yn casglu brigau a changhennau o dan y coed yn Nyffryn Ceint a finnau'n hollti'r coed mwy o faint efo bwyell er mwyn cadw'r tanau i fynd trwy'r gaeaf oer.

Daw'r Nadolig yn ei bryd, a'r eira'n disgyn weithiau, a'r gwyntoedd cryf o'r môr yn rhuo i fyny'r dyffryn ac yn bygwth codi toeau gwellt y tai a'r bythynnod. Pan fydd wedi rhewi'n gorn, mae'n rhaid torri'r rhew trwchus oddi ar wyneb y ffynnon a helpu i ladd dau neu dri mochyn. Mae Mam a Lleucu yn eu halltu'n dda er mwyn eu cadw dros y gaeaf, ac mi fydd dwylo a breichiau'r ddwy yn goch wedi iddynt fod yn yr halen mor hir.

Daw'r unig seibiant ar ddydd Sul pan fydd dynion y plas yn cerdded i fyny'r allt i'r caeau wrth eglwys Sant Gredifael. Rydw innau'n cael mynd hefo nhw ers tro rŵan. Mae'r dynion, a'r bechgyn sy'n cyrraedd pedair ar ddeg oed, yn gorfod ymarfer eu sgiliau bwa a saeth yn gyson, ac o dro i dro mae Cwnstabl Biwmares yn anfon dyn i wneud yn siŵr ein bod wrthi.

Mae Nhad yn saethwr da. Mi fedr daro'r targed o ddau can llath i ffwrdd, a tharo ffesant neu wningen – os ydyn nhw'n sefyll yn llonydd – o hanner can llath. Hen fwa mawr ei dad sydd ganddo, wedi'i wneud o bren yr ywen – dyna'r pren gorau ar gyfer bwa. Mae onnen a llwyfen yn dda hefyd, ond dim cystal â'r ywen. Mae gen i fy mwa fy hun. Onnen ydi hwnnw, o'r un pren ag sy'n gwneud y saethau. Dydi o ddim mor hir â bwa Nhad, ond mae'n un trwm i'w dynnu, a dim ond newydd fedru ei dynnu pob cam at fy nghlust yr ydw i. Wedi'r holl ymarfer, mi fedraf innau yrru saeth bron i ddau can llath erbyn hyn. Dydi hynna'n dda i ddim ar gyfer hela, ond mewn brwydr rhaid i chi saethu ymhell ac yn gyflym, fel bod y saethau'n syrthio ar y gelyn fel cawod drom. Dim ond wrth ymarfer yn gyson y mae rhywun yn gwybod pa mor uchel i godi blaen y saeth ar gyfer gwahanol bellterau, ac rwy'n mwynhau gweld fy hun yn gwella o hyd.

Does yna ddim rhyfel wedi bod yn Sir Fôn ers talwm iawn, ond fe fu Nhad yn filwr pan oedd yn ifanc. Mi gafodd ei anafu yn ei gefn a dyna pam mae pawb yn ei alw'n Gwilym Gam. Ond dydi o ddim yn gam iawn, chwaith, ac mae o'n dal i fedru saethu'r bwa hir yn well na neb arall yn yr ardal.

Mae Nhad yn medru cyfrif a darllen ac ysgrifennu. Fo sy'n cadw cofnod i'r Meistr Owain ap Tudur o holl eiddo'r plas. Os caf i fyth fod yn hwsmon yma ar ei ôl o, mi fydd raid i mi ddysgu darllen ac ysgrifennu ychydig. Mae'n rhaid fod Meistr Owain ap Tudur yn ddyn clyfar iawn, achos mi glywais i o'n siarad Saesneg unwaith neu ddwy efo rhyw swyddog ddaeth i'r plas o Gastell Biwmares. Does dim rhaid i ni'r werin bobl boeni am Saesneg o gwbl, wrth gwrs, gan nad ydan ni'n mynd o Benmynydd o un pen o'r flwyddyn i'r llall.

Ar y ffordd i'r caeau ymarfer, rydan ni'n pasio trwy Bengorwelion, sef copa Penmynydd. O'r fan honno gallwn weld mynyddoedd Eryri yn eu holl ysblander, a'r Wyddfa Fawr ei hun yn sefyll fel wal gadarn rhyngon ni a gweddill y byd.

Tan fis Awst eleni, doeddwn i erioed wedi gadael Sir Fôn; erioed wedi gweld dim byd y tu hwnt i'r Fenai, nac awydd gweld dim chwaith. Bachgen oeddwn i bryd hynny. Rhyfedd sut gall ychydig wythnosau droi bachgen yn ddyn.

PLAS PENMYNYDD
Dydd Mawrth, 9 Awst

Roedd hi'n ddiwrnod braf y dydd Mawrth hwnnw. Roeddwn i'n bwydo'r ieir ar y buarth ac roedd Angharad wedi dod allan o'r plas i siarad hefo mi. Roedd hi'n gwisgo'r wisg las dywyll – lliw oedd yn ei siwtio i'r dim efo'i gwallt melyn llaes. Dim ond un wisg orau sydd gan fy chwaer, ac un ar ôl Mam ydi honno – un frowngoch. Gwallt du fel y frân sydd gan Lleucu – yn wahanol iawn i wallt Angharad ac i weddill ein teulu ni hefyd o ran hynny. Gwallt coch tywyll sydd gennym ni.

Fel roeddwn i'n sgwrsio efo Angharad, fe glywsom sŵn ceffyl yn carlamu i lawr y ffordd at y plas. Edrychodd y ddau ohonom ar ein gilydd. Mae carlamu'n golygu brys, ac mae brys yn golygu cyffro!

Daeth march mawr chwyslyd a dyn ifanc ar ei gefn i mewn i'r buarth. Tynnodd yn greulon ar yr awenau, a chyn i'r ceffyl aros bron roedd wedi neidio i lawr o'r cyfrwy mawr milwrol. Gan afael ag un llaw yn ei gleddyf trwm, rhedodd tuag atom ni'n dau a gweiddi yn Saesneg, *'Where is Owain Tudor?'*

Fe ddeallais yr enw, a dyna i gyd, ond atebodd Angharad, *'In the plas.'*

'Where?' holodd eto'n wyllt a phwyntiodd Angharad at y tŷ.

'Hold my horse,' meddai yntau, a mynd ar wib am y drws i'r plasty.

'Beth sy'n bod, Angharad?' holais mewn penbleth.

'Wn i ddim, Rhys, ond mae o am iti ddal y march.'

Cerddais yn ofalus at y ceffyl cryf ac estyn fy llaw tuag ato.

16

Edrychai arnaf gan weryru'n nerfus, ond safodd yn llonydd wrth i mi fwytho'i wddf cadarn ag un llaw a chymryd yr awenau trwm yn y llall.

Aeth peth amser heibio cyn i'r gŵr ifanc ailymddangos yn y drws efo Meistr Owain ap Tudur. Siaradai'r ddau yn Saesneg ac roedd hi'n ymddangos bod Meistr yn ei ddeall. Daliai'r Meistr ddarn o bapur yn ei law, a gwelwn o'n edrych arno eto wrth i'r negesydd ddod ataf i nôl ei geffyl. Ew! Roedd o'n smart, a'r cleddyf oedd ganddo yn grand ryfeddol. Rhaid mai o Gastell Biwmares roedd hwn wedi dod. Wrth iddo fy nghyrraedd, tynnodd rywbeth o'r pwrs melfed a hongiai wrth ei wregys a'i daflu tuag ataf. Daliais ef. Dimai oedd o! Fuodd gen i rioed ddimai o'r blaen. Cymerodd yr awenau oddi arnaf a dweud rhywbeth nad oeddwn yn ei ddeall. Cyffyrddais yn fy nghap, ac i ffwrdd ag o allan o'r buarth ar garlam eto.

'Be ddwedodd o, Angharad?' holais gan edrych ar y ddimai'n sgleinio ar gledr fy llaw.

'Diolch iti wnaeth o, am ddal ei farch ...'

'Dos i nôl dy dad, Rhys. Ar unwaith,' galwodd Meistr a throis innau ar fy sawdl yn ufudd.

Fe fu Nhad yn y plas am gryn amser cyn i Mam a Lleucu a finnau gael ein galw i mewn yno hefyd. Sylwais fod Meistres ac Angharad yn crio'n ddistaw. Beth ar y ddaear fawr oedd wedi digwydd? Rhywbeth trist ac ofnadwy, mae'n rhaid.

'Mae yna frwydro i fod,' meddai Meistr, gan glirio'i wddf, 'rhywle yn Lloegr. Mae llong wedi cyrraedd Biwmares efo'r newydd bod Harri, Iarll Richmwnd – cefnder pell i mi – wedi glanio yn Sir Benfro efo byddin o Ffrainc. Mae o yn Ffrainc ers pedair blynedd ar ddeg ac mae'r Lancastriaid wedi ei ddewis i fod yn frenin Lloegr yn lle'r Brenin Rhisiart.' Oedodd y Meistr, gan roi cyfle i'r newyddion dreiddio.

'Wrth gwrs, mae'n rhaid ymladd yn erbyn y Brenin cyn

cipio'r goron. Wnes i ddim dweud wrth neb ohonoch chi o'r blaen, ond mae llythyrau wedi bod yn cyrraedd Cymru ers tro yn ein rhybuddio y bydd disgwyl inni gefnogi Harri Richmwnd. Mae ganddo fyddin o ddwy fil o Ffrancwyr a Saeson, a bydd yn cyrchu ar yr Amwythig. Mae'n herio uchelwyr Cymru i'w gyfarfod yno, ac i ymuno â'i fyddin – De a Gogledd hefo'i gilydd.'

'Pryd, Meistr? Pa bryd fydd hynny?' holodd Mam yn bryderus.

'Rŵan, fory nesaf. Mae negeswyr ar hyn o bryd yn mynd o gwmpas plasau Sir Fôn – Bodorgan, Trefollwyn, Plas Berw, Porthamel ac ati – a'r un fath yn Sir Gaernarfon, yn Llanfairisgaer, y Penrhyn a Dyffryn Conwy. Rydan ni i ymgasglu ym Miwmares bore fory a chroesi Traeth Lafan. Byddwn yn Nyffryn Conwy drannoeth ac yn anelu am Blas Iolyn a'r Foelas dradwy. Yna Glyndyfrdwy, a'r Waun ac i mewn i Loegr ar ôl hynny.'

Torrodd sŵn crio'r merched ar draws llais y Meistr, ond roeddwn i wedi cyffroi! Fel saethwr da, mi fyddwn i'n siŵr o gael mynd efo Nhad a Meistr ar yr antur hon. Yn nes ymlaen y daeth yr ofn, ac oni bai bod y Meistr a Nhad yn mynd hefyd, dwi'n siŵr y byddai'r ofn wedi cydio ynof hyd yn oed ym Mhenmynydd.

Fuodd yna erioed y fath brysurdeb ymysg dynion a merched y plas fel ei gilydd. Tri cheffyl i'w paratoi, ac arfau Meistr Owain ap Tudur i'w sgleinio. Roedd ganddo sawl siercyn ledr, ychydig o helmau crynion dur a phump o gleddyfau. Roedd hynny'n ddigon i hanner arfogi deg ohonom i gyd, ac wrth gwrs roedd gan bob un ohonom fwa a saethau. Aeth y merched ati i ddidoli dillad, gan gynnwys clogyn i bawb gysgu ynddi, a chefais innau siercyn ledr gan Meistr. Ew! Roedd hi'n grand gynddeiriog! Bu'r morynion wrthi'n trefnu bwyd, gan dorri caws a chig a phobi mân dorthau, a daethpwyd o hyd i gostreli i ddal dŵr i bawb hefyd.

Yn hwyr y diwrnod hwnnw, a phopeth yn barod, daeth y Brawd Niclas i lawr o'r eglwys efo bara a gwin ac fe gawsom Gymun Bendigaid ganddo yn y plas – roedd hyn yn hollol anarferol ac yn groes i'r rheolau, dwi'n siŵr, ond mae'r Brawd yn ddyn caredig. Ac yna cefais fy synnu'n llwyr – roedd Lleucu i gael dod gyda ni, i ofalu amdanom pe bai raid. Roedd hynny'n egluro pam y gwelais hi'n rhwygo cadachau glân yn gynharach yn y dydd, rhag ofn y byddai angen trin anafiadau. Roeddwn i'n rhyfeddu fod Mam yn fodlon i Lleucu ddod ar antur mor beryglus, ond dyna ni – roeddwn wedi sylwi ers tro fod Mam yn fwy caled efo Lleucu nag efo mi, er mai fi oedd yr hogyn.

Gan fod deg ohonom i gyd – Meistr, Nhad, minnau, Lleucu, Goronwy Fychan a Madog (dau o weision eraill Plas Penmynydd) a phedwar arall o'r ardal – dau o Fodynys a dau o Fraint, byddai gan Lleucu griw i'w bwydo ac efallai i'w hymgeleddu.

Chysgais i fawr ddim y noson honno. Doedd y ffaith bod Mam wedi ailddechrau crio'n fawr o gymorth. Tybed a fedrwn i ddal fy nhir yn y rhengoedd blaen efo'r saethyddion eraill? A allwn i wrthsefyll yr awydd i ddianc pan ddeuai rhuthr y gwŷr meirch efo'u gwaywffyn hir i'n trywanu? Mae Nhad yn dweud y byddwn ni'r saethyddion, pan gawn y gorchymyn, yn sleifio y tu ôl i'r milwyr efo'u pidogau anferth ac mai nhw fydd yn gwrthsefyll y marchogion efo wal gadarn o bicellau anferth.

Fedra i ond gobeithio mai yn Gymraeg fydd y gorchmynion neu fydda i'n deall 'run gair! Cymry fydd ein capteiniaid ni, meddai'r Meistr heno – Rhys ap Maredudd, y Foelas, a Wiliam ap Gruffydd, y Penrhyn, a bydd yna gapteiniaid Cymraeg o Ddyffryn Clwyd yno hefyd.

Mi gysgais beth yn y diwedd, ond buan y daeth yr alwad i godi. Roedd hi'n dechrau gwawrio dros grib Pengorwelion.

DOLGARROG
Dydd Mercher 10 Awst

Wedi pryd o fara llaeth a chaws, casglodd pawb ar y buarth a ffarwelio mewn dagrau. Daeth Angharad ataf a mentro rhoi cusan sydyn a ffwndrus ar fy moch cyn rhedeg yn ei hôl i mewn i'r plas. Roedd fy ffrind, Meg, yr hen gi defaid, yn synhwyro bod rhywbeth mawr o'i le, ac ar ôl llyfu fy llaw fe drodd ei chefn a mynd yn benisel am yr ydlan. Pryd gwelwn i Meg nesaf, tybed, a Mam ac Angharad?

Nhad a'r Meistr Owain ap Tudur oedd ar gefn dau o'n ceffylau, a Lleucu ar y trydydd, gydag addewid y byddai pawb yn cael cyfle i farchogaeth bob hyn a hyn. Clymwyd ein paciau ar y tri cheffyl ac felly y cychwynnwyd ar y daith ddwyawr i Fiwmares.

Roedd ugeiniau wedi ymgasglu ar Drwyn Safnast y tu allan i'r dref, yn barod i groesi Traeth Lafan i'r tir mawr dros y Fenai. Cwnstabl y Castell oedd yn bloeddio'r gorchmynion. Doedd o ei hun ddim yn dod hefo ni ond roedd ei fab – Rowland Bwcle – yno efo'r fintai fwyaf o Sir Fôn. Rhwng pawb, roedd yna tua cant ac ugain o ddynion i gyd.

Yn ffodus, roedd hi bron yn drai isel a gallai'r tri chwch oedd yn aros yno gario pawb dros y Safnast gul i'r traeth tywod anferth rhyngom a Sir Gaernarfon. Cafwyd mwy o drafferth efo'r ceffylau nerfus, wrth gwrs, a buom yn sefyll yn hir ar y traeth gyferbyn wrth i'r ceffylau ddod ar draws fesul dau. Erbyn hyn roedd y llanw wedi dechrau troi, a doedd wiw oedi

20

rhagor gan y byddai'n cymryd awr arall cyn inni ennill tir sych yn Abergwyngregyn.

'Mi foddwyd byddin Seisnig yn y fan yma un tro, wyddost ti,' meddai Nhad. 'Mynd i ymosod ar lys y Tywysog Llywelyn oeddan nhw, draw acw yn Abergwyngregyn. Roedd y Saeson wedi codi pont dros dro i groesi'r Safnast, ond mi fuon nhw'n oedi'n rhy hir. Daliodd y llanw nhw a'u boddi, a lladdwyd y rhai lwyddodd i gyrraedd y lan gan y Cymry.'

Roedd oriau wedi mynd heibio ers inni adael Plas Penmynydd, a diolch byth mi alwodd Rowland Bwcle am seibiant yn Abergwyngregyn cyn inni gychwyn i fyny i fynyddoedd Arllechwedd. Daeth gorchymyn i yfed dŵr a chymryd tamaid bach o fwyd ac yna i ail-lenwi ein costrelau o'r afon a fyrlymai'n chwim o'r copaon uwchben.

Cyn hir daeth rhyw ddeugain o wŷr eraill atom – dynion Maredydd ap Ifan o Lanfairisgaer a gŵyr o'r Penrhyn efo Wiliam ap Gruffydd – ac felly trodd y cyfan ohonom i gyfeiriad y mynyddoedd gan anelu am Ddyffryn Conwy.

Roeddwn wedi arfer gweld mynyddoedd Arllechwedd o Bengorwelion. Y Carneddau oedd yr enw arnyn nhw, ac roedd Nhad yn medru enwi'r copaon – Pen yr Olau Wen, Carnedd Dafydd, Carnedd Llywelyn, Foel Fras ac ati. Teithiem i fyny'r dyffryn o Abergwyngregyn hyd nes cyrraedd bwlch yn y mynyddoedd a chael aros am ychydig o seibiant.

'Mi fydd hi'n ysgafnach rŵan,' eglurodd Nhad. 'Ar i waered awn ni bellach, i lawr i Ddyffryn Conwy. Bwlch y Ddeufaen ydi hwn. Maen nhw'n dweud mai'r ffordd yma y teithiodd y Rhufeiniaid erstalwm.'

'Biti na fasa gynnon ni gatrawd o'r rheini i ddŵad hefo ni i Loegr, mistar,' meddai Goronwy Fychan.

'Paid ti â phoeni gormod am hynny, Gronw,' atebodd Nhad. 'Mi fyddwn ni'n griw go fawr erbyn inni gyrraedd i Loegr, gei di weld.'

Edrych ar y llethrau serth o'n cwmpas yr oeddwn i.

'Mae 'na ddefaid i fyny acw,' sylwodd Lleucu, gan estyn ei braich i ddangos i mi. Gwelais y praidd yn syth, ond nid praidd o ddefaid oedd hwn, ond gyrr o eifr corniog – geifr gwylltion.

Oni bai eu bod nhw mor uchel i fyny mi fydden ni'n iawn am fwyd am hydoedd, meddyliais.

'Rŵan, dim rhagor o golli amser,' bloeddiodd Wiliam Gruffudd, y Penrhyn. 'Rhaid inni noswylio i lawr yn Nyffryn Conwy.'

Ufuddhaodd pawb ac i lawr â ni yn eithaf serth, gan anelu am afon a redai tua'r dwyrain. Bellach roedd yna ffermdai ar y llethrau uwchben afon Ro, ac yna daethom at bentref bychan y Ro Wen. Sylwais fod yna lawer o raean mewn mannau hyd lan yr afon.

Fuon ni fawr o dro wedyn cyn cyrraedd llawr y dyffryn dwfn ac eang, a glannau'r afon fwyaf a welais i erioed. Yno ar y doldir gwastad y cawsom wersylla. Roeddwn i a phawb arall ar ein cythlwng o eisiau bwyd, a buan y diflannodd ein dogn o gig a bara.

Taflodd Nhad yr asgwrn y bu'n ei gnoi i gyfeiriad un o'r cŵn oedd wedi bod yn ystwyrian o'n cwmpas. Llarpiodd y ci yr asgwrn yn ei safn mawr a diflannu i'r gwyll.

'Roedd 'na anghenfil erchyll yn byw uwchben y dyffryn yma erstalwm, meddan nhw,' meddai Nhad.

'Sut un oedd o, Gwilym Gam?' holodd Lleucu.

Mae Lleucu'n mynnu galw Nhad wrth ei enw. Wn i ddim pam na fuasai hi'n dweud Tada neu Nhad fel y byddaf innau'n ei wneud.

'Roedd o'n anghenfil anferth, yn debyg i ddraig mae'n rhaid, achos roedd o'n medru hedfan. Y Garrog oedd ei enw, a dyna pam maen nhw'n galw'r ddôl yma yn Dolgarrog. Llechu yn y coedwigoedd a'r ceunentydd i fyny acw y byddai'r anghenfil, a bob hyn a hyn deuai i lawr i'r caeau yma i hela. Roedd gan bawb ofn y Garrog. Byddai ei sgrech aflafar yn nhrymder nos yn ddigon i wneud i waed y bobl fferru. Byddai'n hofran uwchben y ffermydd yn ystod y dydd, yn chwilio am fwyd. Anifeiliaid fferm oedd ei brae fel arfer – ond yn ôl y chwedl byddai'n cario plant ambell dro yn ei grafangau creulon, a doedd neb yn eu gweld byth eto.'

Teimlais Lleucu'n crynu wrth fy ochr a rhoddais fy mraich amdani.

'Paid ti â phoeni, Lleucu,' sibrydais wrthi, 'rwyt ti'n gwybod yn iawn sut mae Nhad yn mynd i hwyl wrth adrodd stori!'

Byddai Nhad wrth ei fodd yn cwmnïa o gylch y tân ym Mhenmynydd. Mae'n adroddwr chwedlau heb ei ail, ac roedd yn amlwg yn mynd i hwyl heno gyda stori'r Garrog.

'Roedd 'na ŵr bonheddig yn byw yn yr ardal hon bryd hynny – dyn creulon ac amhoblgaidd. Mi ddywedodd hen widdon wrtho un diwrnod y byddai'n marw drwy gael ei frathu gan y Garrog a phenderfynodd yntau na fyddai'n caniatáu i hynny ddigwydd. Dechreuodd holi sut y gellid difa'r anghenfil.'

'Wnaethon nhw lwyddo?' holodd Madog yn eiddgar.

'Roedd rhai ag ofn gwneud dim o achos y sôn am y perygl o fynd yn agos at y bwystfil,' meddai Nhad gan barhau â'i stori. 'Yn ôl y sôn, chwythai fwg a thân o'i geg. Credai rhai bod gwenwyn marwol ar ei ddannedd mawr ac nad oedd gobaith i neb fyw wedi'r brathiad lleiaf ganddo.

'Fodd bynnag, addawodd y gŵr bonheddig wobr hael i bwy bynnag fyddai'n llwyddo i ladd y Garrog, a threfnwyd diwrnod i'w hela. Daeth gwŷr cryfaf y fro at ei gilydd, ac er mwyn bod yn hollol ddiogel y diwrnod hwnnw, aeth y gŵr bonheddig i'w wely ac aros yno drwy'r dydd.

'Yn hwyr y prynhawn, llwyddwyd i ddenu'r Garrog allan o'i guddfan a thanio llu o saethau tuag ato. Bu farw yn y fan a'r lle. Llusgwyd ei gorff i lawr i'r ddôl yn y fan hyn, ac aeth rhai i nôl y gŵr bonheddig o'i wely er mwyn iddo ei weld.

'Pan gyrhaeddodd y gŵr, rhoddodd gic galed i'r bwystfil marw yn ei enau anferth, ac aeth un o ddannedd miniog a gwenwynig y creadur hyll drwy ei esgid. Syrthiodd y gŵr i'r ddaear yn farw. Yn y cefndir, roedd yr hen widdon yn chwerthin yn braf …'

'Mae'r stori yna'n debyg iawn i stori neidr Penhesgyn ym Mhenmynydd,' meddwn innau gan wenu.

'Ti'n iawn, Rhys! Mae hi hefyd!' atebodd Nhad. 'Ac os rhywbeth, mae stori'r neidr yn well! Ond rŵan, gwell inni drio cysgu. Rho goedyn neu ddau ar y tân, Gronw Fychan, mae hi'n siŵr o oeri heno.'

Gorweddodd pawb ohonom i lawr, a swatio dan ein clogynnau.

'Nos da, Lleucu,' meddwn innau. 'Cysga'n dawel.'

'Mi wnaf i, Rhys, tra byddi di yn f'ymyl.'

Dechreuais adrodd stori neidr Penhesgyn wrthyf fy hun, ond dwi'n meddwl imi syrthio i gysgu ymhell cyn cyrraedd y diwedd.

Y FOELAS A RHUG
Dydd Iau, 11 Awst

Mae gwlith trwm dros y ddaear y bore yma, a chymylau mawr du yn crynhoi uwchben y llechweddau serth uwch ein pennau. Mae'r dyffryn yma'n ddwfn! Welais i ddim byd tebyg yn fy myw! Tydi afon Ceint yn ddim ond ffrwd fechan o gymharu â'r afon fawr sy'n llifo gyferbyn â ni. Mi aeth Lleucu i fferm gyfagos a dod yn ei hôl efo llefrith cynnes yn ei phiser.

'Mae'r hen geffyla 'ma'n byhafio'n dda,' meddai Nhad wrth ddringo ar gefn Seren. 'Ond mi glywais fod rhai o'r lleill wedi crwydro i ffwrdd yn y nos, hynny neu bod dihirod yr ardal wedi'u dwyn nhw! Mae Wiliam ap Gruffydd y Penrhyn wrthi'n rhegi nes bod yr awyr yn las uwch ei ben o!'

Cafodd Lleucu farchogaeth eto, ac mae hi'n haeddu hynny hefyd am edrych ar ein holau ni mor dda. Dwi'n poeni braidd mai gwŷr traed ydi bron y cwbl o'r garfan hyd yma. Gobeithio y daw yna wŷr meirch atom ni cyn hir. Efallai bydd gan Rhys ap Maredudd o'r Foelas farchogion hefo fo. Mae yna lawer o sôn wedi bod amdano fel milwr profiadol. Fe fu ym mrwydr Mortimer's Cross yn Lloegr, un o frwydrau mawr Rhyfel y Rhosynnau. Dydi'r rhyfeloedd hynny ddim ar ben eto – rydan ni'n anelu am un o'r brwydrau hynny heddiw. Y miri Iorc a Lancaster benben â'i gilydd eto. Y rhosyn gwyn yn erbyn y rhosyn coch, fel yr eglurodd Nhad. Yn ôl yr hyn dwi'n ddeall, dau deulu mawr ydi'r Iorc a Lancaster, ac maen nhw'n methu cytuno pa un ohonyn nhw ddylai fod ar yr orsedd. Eisiau eu dewis ddyn eu hunain maen nhw, er mwyn cael ffafrau'r brenin, ond wnaiff o fawr o wahaniaeth i'n bywydau bob dydd ni, mi dybiaf.

Cnoi cil ar bethau felly oeddwn i wrth inni wneud amser da i fyny Dyffryn Conwy gan ddilyn yr afon a dod eto i fynydd-dir ac i rostir mawr agored. Yno, cyhoeddodd y Meistr ein bod ar dir y Foelas ac ar fin cyfarfod â Rhys ap Maredudd a'i wŷr, Rhys Fawr y Foelas.

Yn sydyn, daethom ar draws tua hanner cant neu ragor o filwyr wedi ymgasglu mewn pant, ac oedd, roedd yna wŷr meirch yn eu mysg, diolch byth. Mae nifer o ferched yn eu plith hefyd – gwragedd, chwiorydd a chariadon mae'n debyg. Efallai y caiff Lleucu ffrind rŵan, yn lle ei bod hi byth a beunydd yng nghwmni dynion.

Rydan ni'n cael cyfle i fwyta ychydig, a dyna braf ydi cael eistedd ar bwt o graig a suddo fy nhraed poeth a chwyslyd i ffrwd oer, risialog. Roedd Mam wedi fy rhybuddio cyn gadael Penmynydd: 'Cofia di olchi dy draed yn aml mewn dŵr oer rhag iti gael swigod, neu mi fyddi di'n cloffi!'

Eisteddais yno, ar lan y ffrwd, yn gwrando ar y sgwrs rhwng y Meistr a Nhad.

'Wyt ti'n cofio'r haf llynedd, Gwilym Gam – pan oedden ni wedi dechrau pladuro'r ŷd – imi orfod mynd i ffwrdd o'r Plas am y diwrnod?'

'Ydw, Mistar, i'r Penrhyn at Wiliam ap Gruffydd yntê?'

'Dyna ti. Roedd 'na ŵr bonheddig yn y Penrhyn ar y pryd – gŵr pwysig dros ben – ac mae'n iawn bellach imi ddeud pwy oedd o. Mewn gwirionedd, roedd o'n fwy o lawer na dim ond gŵr bonheddig – roedd o'n Iarll.'

'Iarll!' chwibanodd Nhad yn ei syndod. 'Fedr neb fod llawer yn uwch na hynny!'

'Iarll Penfro oedd o – Jasper Tudur, mab i Owain Tudur o Benmynydd, gŵr y Frenhines Catrin o Ffrainc.'

'Ac ewythr, felly, i'r Harri Richmwnd yma yr ydan ni i

ymladd drosto?' meddai Nhad.

'Yn hollol. Mae'r Iarll Jasper wedi bod yn glanio yng Nghymru yn y dirgel ac yn crwydro'r plasau o un pen o'r wlad i'r llall yn siarsio uchelwyr i gefnogi ei nai, Harri.'

'Roedd o'n perthyn i chi, felly, Meistr?' meddwn innau, wedi dechrau deall y sefyllfa.

'Oedd. Yn gyfyrder llawn. Cofia, roedd hi'n anodd credu hynny ac yntau yn ei felfed a'i liain main. Y fo efo'i fymryn o Gymraeg, a minna yn fy ngwlân efo fy mymryn Saesneg. Rhys, mi fyddet ti wedi rhyfeddu at y gemau a'r perlau oedd ar ddwrn a gwain ei gleddyf cwta.'

'Pan ddown ni at fyddin Harri Richmwnd, mi welwn ni o felly?' holais.

'O gwnawn! Fo a'r mawrion eraill, a'r darpar frenin ei hun wrth gwrs. Y Mab Darogan.'

'Y Mab Darogan?' meddwn.

'Ia, mae'r hen feirdd wedi darogan, wedi proffwydo, mai'r Cymro Harri fydd y brenin nesaf. Y fo ydi Arthur wedi'i ailgyfodi, neu Owain o'r Hen Ogledd. Maen nhw'n ei alw'n bob math o enwau yn lle defnyddio ei enw iawn, rhag ofn iddyn nhw gael eu dal a'u cyhuddo o fradychu'r Brenin Rhisiart. Ond dewch, codwch!' gorchmynnodd Meistr. 'Mae Rhys ap Maredudd ar gychwyn.'

Wedi gorffwyso roedden ni'n mynd yn dda ar hyd y rhosydd llydan, heibio i Gerrigydrudion ac i lawr dyffryn culach i Ddinmael a'r Maerdy ac at afon fawr, afon Dyfrdwy, sy'n afon gysegredig meddan nhw. Dros yr afon hon mae pentref bychan o'r enw Corwen, ond mi rydan ni i aros yr ochr yma – ar dir Rug, lle mae Piers Salsbri yn byw. Dwi'n cofio'r enw achos bod Rhys ap Maredudd y Foelas wedi gwneud y fath stŵr ynglŷn â fo.

Roedd Rhys ap Maredudd wedi mynd i'r plas tra oedden ni'n paratoi'r gwersyll am y nos, a phan ddaeth o yn ei ôl roedd o'n dawnsio mewn cynddaredd. Mi felltithiodd y Piers Salsbri yma, a'i gondemnio i dân uffern – a pham? Doedd Salsbri ddim yn cefnogi, a doedd yna neb o'i wŷr na'i denantiaid i gael ymuno â ni. Wna i ddim ailadrodd popeth y galwodd Rhys ap Maredudd uchelwr y Rug, ond roedd 'bradwr', 'cachgi' a 'bastad mul' yn eu mysg!

Roedd Lleucu wedi cyfnewid ychydig o gig eidion am gyw iâr efo un o ferched Hiraethog, ac roedd y newid yn bleserus iawn. Mae Nhad yn deud y tro nesaf y down ni at goedwig go fawr ei fod o am sleifio i ffwrdd i weld a fedr ddod o hyd i garw ifanc. Mi wn os daw o fewn hanner canllath i un y bydd gennym ni swper blasus am lawer noswaith! Mae gan Nhad un saeth efo plu paun arno, ac mae hwnnw'n gywir tu hwnt. Dwi ddim yn meddwl y bydd o'n saethu hwnnw at unrhyw Sais mewn brwydr – mae'n saeth rhy arbennig i gael ei yrru ymhlith cannoedd o saethau eraill.

Cyn mynd i gysgu, dwi'n chwilio fy mhac i wneud yn siŵr bod y ddau linyn bwa yn ddiogel – un yn sbâr, wrth gwrs. Fyddwn ni ddim yn cario ein bwâu wedi'u llinynnu os na fyddwn ar fin eu defnyddio, felly mae'r bwa'n cael gorffwys yn naturiol heb dyndra arno.

Wel, cysgu rŵan, yn fy nghlogyn gwlân, ac efallai y cawn weld Lloegr fawr fory.

Y WAUN
Dydd Gwener, 12 Awst

Wrth fynd i lawr dyffryn cyfoethog Edeirnion, fe waeddodd rhywun: 'Dacw fo – un o gestyll Owain Glyndŵr!'

Newydd fynd heibio i le bach o'r enw Carrog yr oedden ni ac yn anelu am Gastell Dinas Brân. Gallech weld y codiad tir lle'r oedd Castell Glyndyfrdwy wedi sefyll ar ganol y dyffryn. Wrth gwrs, roedd milwyr brenin Lloegr wedi chwalu'r amddiffynfa a doedd dim ohono ar ôl bellach.

Ym Mhenmynydd roeddwn wedi clywed droeon sut yr oedd Gwilym, Maredudd a Rhys o'r plas wedi ymladd dros eu cefnder, Owain Glyndŵr. Ymhen amser, roedd Gwilym a Rhys wedi eu dal a'u dienyddio. Y nhw ill tri a'u dynion oedd wedi cipio Castell Conwy i Owain. Roedd ganddyn nhw ysbïwr yn nhref Conwy ac roedd hwnnw wedi anfon i ddweud y byddai garsiwn y castell brenhinol yn bresennol yn y gwasanaeth yn hen eglwys Conwy ar ddydd Gwener y Groglith.

Trefnodd yr ysbïwr i agor giât uchaf y dref, a dyma ddynion Penmynydd yn llifo i mewn. Roedd wynebau'r garsiwn yn goch iawn wedi iddynt ddod o'r eglwys a gweld baner Owain Glyndŵr yn chwifio'n eofn ar ben eu castell!

Lwyddodd y Saeson ddim i ddal Maredudd o gwbl, ond cuddio yn Eryri oedd ei hanes wedyn am ei fod ar herw – hynny ydi, y tu allan i'r gyfraith, yn fradwr, a hawl gan unrhyw un ei ladd. Dwi'n siŵr y buasai gan Maredudd storïau cyffrous i'w hadrodd, a chwarae teg i rywrai am ei guddio heb ei fradychu i'r brenin.

Rydyn ni'n barod rŵan i groesi i Loegr yn ymyl Castell y Waun, a'r nefoedd fawr mi rydan ni'n glamp o fyddin erbyn hyn! Mae Dafydd Myddelton Hen o Gastell y Waun wedi ymuno â ni, ac ar ei dir o rydan ni wedi ymgynnull cyn cychwyn ar y diwrnod olaf o deithio nes cyfarfod Harri Richmwnd. Mae disgwyl i wŷr Dyffryn Clwyd ddod aton ni yma ac mae Rhys ap Maredudd yn rhwbio'i ddwylo yn ei gilydd yn ei fodlonrwydd.

'Mi fyddwn ni'n wyth, naw cant o filwyr cyn gadael y lle 'ma, siŵr o fod,' meddai'n uchel, ac ni chafodd ei siomi achos cyrhaeddodd cryn ugain o wŷr meirch crand cyn hir. Marchogion Dyffryn Clwyd oedden nhw, o blasau Lleweni, Berain, Plas y Ward, Botrhyddan a Mostyn, a Rhisiart Trefor o Fryncynallt.

Ymhen rhyw awr arall, wrth iddi nosi, dyma bicellmyn, saethyddion a rhagor o wŷr meirch yn dylifo i barc Castell y Waun. Buan yr aeth y si ar led ein bod yn fil o filwyr i gyd, a bod rhagor i ddod o Eifionydd ac Ardudwy bell. Roeddem i anelu am Fynydd Digoll, heb fod ymhell o'r Trallwng ac Abaty Ystrad Marchell.

Welais i 'rioed yn fy myw y fath dyrfa a chynifer o geffylau, ac mae yna ugeiniau o fustych wedi cyraedd hefyd i ddarparu bwyd i ni yn nes ymlaen. Mae'r sŵn yn fyddarol rhwng yr holl bobol ac anifeiliaid, a fydd yna ddim gobaith cysgu'n gynnar heno efo'r holl lowcio cwrw a miri. Mynnodd Rhys ap Maredudd bod ein dau gant ni yn cadw'n agos at ei gilydd ac yn dewis gwylwyr i gymryd eu tro drwy'r nos rhag i rywrai aflonyddu arnom. Roedd yn beth da ei fod wedi ein rhoi ar ein gwyliadwraeth.

Roeddwn i newydd gysgu pan glywais sgrech a'm cododd ar fy eistedd yn syth. Roeddwn i'n siŵr mai Lleucu oedd wedi gweiddi. Edrychais o'm hamgylch yn wyllt, yn ceisio gweld lle'r oedd hi yn y gwyll. Gwelais fod tri dieithryn wedi gafael ynddi ac yn ceisio'i llusgo i ffwrdd i'r tywyllwch, ond roedd y gweilch yn hanner meddw a chafodd Rhys Fawr ddim trafferth eu dal. Gwyliais y cawr yn taro pennau dau ohonynt yn ei gilydd efo chlec mor galed nes iddynt syrthio'n glewt i'r ddaear. Roedd Goronwy Fychan a Madog wedi cydio yn y llall, gan ddal hwnnw a'i wyneb bron yn y tân nes ei fod yn sgrechian am drugaredd. Aeth ei wallt hirllaes ar dân cyn iddynt ei ollwng yn rhydd, yna ciciwyd a phowliwyd y tri dihiryn nes iddyn nhw o'r diwedd ffoi yn ôl i'r tywyllwch.

'Gadewch iddyn nhw fynd,' meddai Nhad wrth weld Goronwy a Madog yn awyddus i'w dilyn. 'Does wybod gwŷr pwy ydyn nhw, ond os byddan nhw mewn mwy o helynt fydd yna fawr o gamp adnabod yr un a losgwyd, os na fydd o wedi dianc am adref yn y cyfamser.'

Teimlwn yn gwbl ddiymadferth gan nad oeddwn wedi gwneud dim i helpu. Roedd y cyfan wedi digwydd mor sydyn. Ond pan ddaeth Nhad draw i gael golwg ar Lleucu, sylwais fy mod wedi sefyll rhyngddi hi a'r ffrwgwd, a bod twca noeth yn fy llaw. Rhoddodd fy Nhad ei law ar fy mraich a gostwng y gyllell yn araf.

'Da iawn ti ngwas i, rwyt ti'n dysgu. Mae'n rhaid i ni fod ar ein gwyliadwraeth trwy'r amser.'

Diolch byth, mae Lleucu'n iawn er ei bod wedi dychryn. Mae angen i ni fod yn ofalus, hyd yn oed o fewn ein rhengoedd ein hunain, ond bydd o fantais i ni bod llawer yn gwybod bellach nad yw'n talu i ymyrryd â Rhys Fawr a dynion Penmynydd.

Dyma ein pedwerydd diwrnod ar ein taith, ac mae oriau o deithio o'n blaenau ni heddiw, ond o leiaf dydi'r tir ddim yn galed a mynyddig fel yng Nghymru. Mae pawb yn edrych ymlaen yn eiddgar i gael gweld holl fyddin Harri Richmwnd hefo'i gilydd ar y Mynydd Digoll yma rydym yn anelu ato.

'Mi ddylai fod 'na bum mil a mwy yno rhwng pawb,' eglurodd Rhys ap Maredudd, 'os bydd gŵyr y Deheubarth a Gwent wedi ymuno yn ôl y disgwyl. Os na ddôn nhw, mi fydd wedi canu ar Harri a Jasper.'

Doedd dim llawer o'r marchogion wedi gwisgo eu harfau trwm, dim ond ambell un, a'r rheini fel petaen nhw eisiau dangos eu hunain. Bob hyn a hyn fe ddeuai dau neu dri ohonyn nhw ar ruthr i lawr y llwybr y tu ôl inni, yn gwbl ddi-hid a oeddent yn eich taro chi i lawr ai peidio.

Edrychwn yn eiddigeddus ar eu harfwisgoedd disglair yn haul llachar mis Awst. Roedd pob helmed yn sgleinio, a'r metal ar eu brestiau a'u cefnau, a'r darnau dros eu cluniau a'u coesau hefyd. Roedd ganddyn nhw esgidiau dur hyd yn oed, efo blaenau main a miniog. Gallai un gic efo esgid o'r fath ladd dyn, mi dybiwn. Roedd yna bob math o arfau llaw i'w gweld hefyd – gwaywffyn, bwyeill, cleddyfau trwm a morthwylion.

'Cofia di,' meddai Nhad wrthyf, 'mi fydd marchogion y Brenin Rhisiart yn cario pethau tebyg hefyd.' Crynais wrth ddychmygu'r anafiadau ofnadwy y gallai'r fath arfau eu hachosi.

32

Yr arfbeisiau ar y tariannau ac ar y llumanau oedd y pethau mwyaf lliwgar wrth gwrs. Roedd llewod aur ac arian a choch, a llawer o anifeiliaid eraill neu siapiau lliwgar ymhobman. Llew arian ar darian goch yw arfbais Rhys ap Maredudd, ar ôl Marchweithan, hen sylfaenydd ei lwyth. Rydw i wedi cael fy siarsio i gadw llygad ar y lluman, ac mewn unrhyw argyfwng mi rydan ni o Sir Fôn ac o Hiraethog i fod i redeg at y llew arian.

Roedden ni'n pasio coedwig go fawr ar ôl mynd heibio i dref Croesoswallt. Ymestynnai'r fforest i fyny'r llethrau; roedd creigiau uchel uwch ei phen a'r garreg yn sgleinio'n wyn yn yr haul.

'Tyrd, Rhys,' meddai Nhad, 'tyrd hefo mi am ychydig. Efallai y gwelwn ni garw yn y goedwig. Paid â gwneud smic o sŵn.'

I mewn â ni i'r goedwig, gan gerdded i'r un cyfeiriad â'r milwyr, fwy neu lai, ond ein bod ni'n uwch i fyny. Gosododd Nhad y llinyn yn ei fwa a thynnu ei saeth plu paun o'r wain dros ei ysgwydd.

'Awn ni ychydig yn uwch. Mae'r ceirw'n siŵr o fod wedi clywed stŵr y fyddin a'r ceffylau a'r bustych ... Diawch, rydw i hyd yn oed yn eu clywed nhw!'

Yna pwyntiodd at y ddaear a sibrwd, 'Diweddar iawn'. Dangos baw ceirw yr oedd o. Ymlaen â ni ein dau, yn dawel rhwng y coed.

'Mae'r awel i'n hwynebau ni,' meddai Nhad yn ddistaw, 'felly fydd y carw ddim yn gallu'n hogleuo ni.'

Ymhen ychydig aeth i'w gwrcwd yn sydyn, a gwnes innau 'run fath. Roedd o wedi gweld rhywbeth. Cymerodd ddau neu dri cham gofalus arall ymlaen, yna sythu'n araf uwch y rhedyn tal o'i flaen gan godi ei fwa mawr yn ara' deg. Gwyddwn yn well na symud gewyn, rhag ofn i mi darfu ar rywbeth.

Tynnodd yn sydyn yn y bwa a gollwng ei saeth heb oedi. Clywais sŵn isel y saeth yn hedfan, ac yna Nhad yn rhedeg yn chwim drwy'r coed. Roedd o wedi anelu'n dda, fel arfer. A'r cyfan mor sydyn!

Roedd y carw'n gelain, a Nhad yn tynnu ei saeth gwerthfawr yn rhydd a'i gadw'n ei ôl yn y wain. Doedd hwn ddim yn garw llawn dwf ac felly, gyda Nhad yn gafael yn y ddwy goes flaen a minnau yn y ddwy goes ôl, fe ddaethom i lawr o'r goedwig i gyfeiriad y llwybr. Roeddem wedi sicrhau cig ffres i griw bach Penmynydd am noson neu ddwy. Teimlwn yn well o feddwl hynny. Doedd wybod a fyddai pobl Lloegr yn barod i rannu bwyd hefo ni. Go brin. Gwyddwn bod gan Nhad ychydig o sylltau yn ei logell, ond byddai'n rhaid inni geisio cadw'r rheini at wir argyfwng.

Erbyn inni gyrraedd yn ôl at Lleucu a Meistr a'n criw, roedden ni bron ar ddiwedd ein taith am y dydd. O'n blaenau, ac ychydig i'r chwith, codai cefnen o dir rhyfeddol o uchel a hwnnw'n ymestyn ymhell i'r pellter. Hwn oedd Mynydd Digoll, ac roedd y ffin rhwng Cymru a Lloegr yn rhedeg ar hyd ei gopa.

Cyn hir, gwelem fwg yn codi o gannoedd o danau wrth i fyddin fawr baratoi bwyd. Hon oedd byddin Harri Richmwnd, y Mab Darogan. Yma roedd pum mil a mwy o Gymry, o Ffrancwyr ac o Saeson – a'r cyfan ohonynt wedi ymgasglu i fentro'u bywydau dros achos Harri.

Beth fyddai'r diwedd, tybed? Fydden ni'n gweld Penmynydd a Sir Fôn unwaith eto? Wrth inni agosáu at y fyddin, a dringo'r llechwedd i wersylla dros nos, gafaelais yn llaw Lleucu. Roedden ni'n dau yn crynu.

'Peidiwch â phoeni,' meddai Nhad, 'mae 'na ddigon ohonon ni. Mi welwn ni'r Fenai eto cyn hir.' Roedd ei eiriau'n gysur i'r ddau ohonom.

Wrth inni baratoi tân i goginio, daeth y gair bod Harri

Richmwnd am ddod o'n cwmpas cyn noswylio. Cododd lleisiau pawb yn uwch yn eu cynnwrf, ond bloeddiodd Rhys ap Maredudd:

'Rŵan, ddynion, ewch ymlaen efo'ch gwaith. Ymdawelwch. Fe gewch weld brenin nesaf y deyrnas, ond does dim rhaid ichi gyffroi. Dyn ydi o, fel chi a minnau, ond un sydd am wneud pethau'n well i ni, gobeithio. Mi rydan ni i gyd yn mynd i gerdded yn fwy cefnsyth wedi inni ennill y frwydr yma.'

Allen ni ddim gweld i'r dwyrain o achos crib uchel Mynydd Digoll. Ar ôl inni fynd i lawr fory, ac o gwmpas pen gogleddol y gefnen fawr 'ma, fyddwn ni fawr o dro cyn cyrraedd tref fawr yr Amwythig. Tybed gawn ni fynediad drwy'r porth i mewn i'r dref? Mae popeth mor ansicr.

Gwyliaf yr haul yn machlud dros fynyddoedd gwlad Powys gynt, a draw i'r gorllewin mae Nhad yn dangos i mi gadwyn uchel mynyddoedd y Berwyn. Dydyn nhw ddim mor uchel ag Eryri, efallai, ond maen nhw'n edrych yn gadarn tu hwnt.

Mae yna ryw gyffro ar y llethrau a dynion yn tyrru at ei gilydd. Oes yna ffrwgwd wedi codi? Gobeithio nad oes anghytuno yn ein rhengoedd. Mae'n rhaid inni sefyll gyda'n gilydd os ydym am wrthsefyll y Brenin Rhisiart.

Yna, cyhoeddodd rhywun mai Harri Richmwnd a Jasper sy'n dod o gwmpas. Gwelaf helmau pluog crand yn symud drwy'r dorf o filwyr, a hanner dwsin neu fwy wedi'u harfogi'n llawn o'u hamgylch.

'Sut un ydi o, tybed?' sibryda Lleucu wrth fy ochr. 'Tybed ai y fo fydd y Brenin Harri Tudur?'

'Gobeithio'n wir, myn diain i,' meddai Nhad, 'neu mi fydd hi ar ben arnon ni i gyd ymhen ychydig ddyddiau!'

Mae'r marchogion yn symud, ac mae yna fonllefau a thaflu capiau i'r awyr wrth iddynt adael y cwmni yno a dod ar draws y llethr atom ni.

'Byddwch yn sifil, hogiau, ac ewch ar eich gliniau,'

gorchmynnodd Rhys ap Maredudd.

Mae'n amlwg pa un ydi Harri – y fo sy'n cerdded ar y blaen, ac mae'n siŵr mai'r Iarll Jasper ydi hwnnw y tu ôl iddo. Gwelaf ddyn gweddol dal a wyneb hir braidd ganddo, talcen llydan, trwyn hir, main a llygaid mawr treiddgar. Mae'n gwisgo sawl tlws disglair ar ei wisg, ac mae yna nifer o fodrwyau ar ei fysedd hir. Ond rhaid inni blygu pen cyn edrych rhagor.

'Croeso i chi, ddynion y Gogledd,' meddai llais meddal ond pendant. 'Sefwch – cewch blygu pan fydd coron ar fy mhen.'

Y fo, Harri Tudur, oedd yn siarad. Brensiach! Mae o'n siarad Cymraeg! Rhaid mai wedi dysgu'r geiriau yr un fath â phader yn yr eglwys oedd o.

'Rhys ap Maredudd, tell your men that Henry, Earl of Richmond, shall be king through the brave endeavours of you all, and that he shall make amends for all the wrongdoing the Welsh have suffered in the past. You see his banner here. It is the Red Dragon of ancient Cadwaladr, king of the Britons in times past. Be strong. We shall be avenged upon Richard the Boar of York.'

Ei ewythr, Iarll Jasper, Penfro, oedd yn siarad rŵan. *'Where are the men from Penmynydd?'* holodd.

Fe glywais yr enw Penmynydd, wrth gwrs.

'Here, my lord,' meddai Rhys ap Maredudd. *'They are in my company.'*

'Let them step forward. The Earl of Richmond would wish to greet them,' meddai Jasper.

'Sefwch ymlaen,' meddai Owain ap Tudur wrth ein criw ni, ac yn betrus dyma ni'n gwneud hynny, a Lleucu hefyd. Plygodd y Meistr ei lin i Harri Tudur.

'Mae'n dda gyda fi dy gyfarfod, Owain ap Tudur,' meddai'r Iarll. 'Ry'n ni o'r un gwaed. O waed Ednyfed Fychan. Os cariwn ni'r dydd yn erbyn y Baedd o Iorc – a Duw yn rhwydd, fe gawn y fuddugoliaeth – rwy am iti ddod yn ysgweier yn fy nghorfflu a'm hebrwng i'm coroni yn Westminster.'

'Byddai hynny'n anrhydedd, f'arglwydd,' atebodd Meistr.

'Byddi di a Rhys ap Maredudd yn fy nghatrawd i yn y frwydr, gyda Syr John Savage, felly arhosa yn f'ymyl. Rwyt o'r un enw â fy nhaid.' Yna, safodd Harri Tudur yn ôl ac meddai wrth bawb, 'Ymlaen yfory, wyrda,' cyn troi i ffwrdd i annerch rhagor o'r dynion yn is i lawr y gefnen.

Roedden ni'n rhy syfrdan i ddweud dim am eiliad neu ddau nes i Rhys ap Maredudd godi bloedd o gymeradwyaeth, a ninnau'n ymuno ag ef nes bod awyr yr hwyr yn diasbedain.

Draw dros fynyddoedd Cymru roedd yr haul yn machludo, ond roedden ni wedi ein calonogi ac yn edrych ymlaen yn eiddgar at wawr newydd.

Does dim cymaint o ffordd i fynd heddiw i gyrraedd yr Amwythig, felly mae yna amser i bawb sy'n dymuno hynny i gasglu o gwmpas nifer fawr o'r Brodyr Gwynion, y mynachod Sistersaidd o Abaty Ystrad Marchell yn y cyffiniau yma. Fe aeth Lleucu a minnau, ond arhosodd Nhad ar ôl i orffen coginio'r carw a saethodd ddoe.

Aethom at y brawd agosaf, hen ŵr penwyn efo llais crynedig, a llencyn o nofis hefo fo i'w helpu i ganu salm. Roeddwn yn nabod llawer o'r Lladin o ran sŵn –

'Ave Maria, gratia plena, Dominus tecum; Benedicta es tu in mulieribus…'

Rhywbeth am 'Fair, mam Iesu yn ein bendithio' ydi o, ond rhyw sŵn sy'n eich llonyddu ydi o fwyaf, ac mae yna fendith a chysur yn y geiriau. Tybed oes yna eiriau Cymraeg am y cwbl sy'n gwneud synnwyr? Mi fydd Mam yn falch ein bod ni'n dau wedi bod yn gwrando ar y mynach. Mi wnes i weddïo drosti yn ddistaw bach. Dwi'n siŵr ei bod hi'n poeni amdanon ni.

'Dwi ddim yn meddwl y medrwn i byth fod yn ddigon da a duwiol i fod yn fynach, Lleucu,' meddwn wrth inni gerdded yn ein holau at y gwersyll.

'Nac wyt ti?'

'Nac ydw, a phrun bynnag rhaid iti fedru darllen ac ysgrifennu a chanu – a chodi bob awr o'r nos i fynd i weddïo! Fuaswn i byth yn medru dysgu gwneud pethau felly! Beth amdanat ti? Fuaset ti'n hoffi bod yn lleian?'

'Dwi wedi meddwl am y peth ambell dro. Mae eu bywydau'n ddiogel iawn ac maen nhw'n cael bwyd yn rheolaidd, ond dwi wedi penderfynu 'mod i eisio priodi a chael plant rhyw ddydd.'

'O! Dwi'n falch o ddeall hynny. Dw inna isio priodi rhyw ddiwrnod hefyd – yn Eglwys Gredifael – ac mi fyddi di yno, dwi'n siŵr.'

Erbyn inni ddringo'n ôl at ein gwersyll roedd y gweddill wedi codi pac ac wrthi'n casglu'r ceffylau at ei gilydd. Hyd yn hyn mae'r ceffylau wedi cael porfa o'u cwmpas bob nos, felly mae graen dda arnyn nhw. Ble fyddan nhw yn y frwydr, tybed? Hynny ydi, yr ychydig geffylau sydd ganddon ni'r saethyddion. Mi fydd ceffylau'r marchogion yn ei chanol hi – druan ohonyn nhw.

Dyma gychwyn i lawr y llethr i lawr gwlad – ac mi wela i abaty mawr Ystrad Marchell yr ochr draw i'r dyffryn, dros afon Hafren sy'n dolennu fel neidr arian. Mi fyddwn ni'n dilyn yr Hafren nes cyrraedd yr Amwythig.

Bobol bach, mae'r tir yma'n gyfoethog! Does yna ddim creigiau a phonciau eithin yn codi ymhobman fel sydd yn Sir Fôn, dim ond caeau a choedlannau trwchus. Wela i ddim golwg o anifeiliaid o gwbl o gwmpas y ffermydd, a dywedais hynny wrth Nhad.

'Maen nhw wedi eu cau nhw i mewn yn y cytiau neu wedi eu cuddio yn y coedwigoedd, Rhys – rhag i'n siort ni eu dwyn nhw, wrth gwrs! Fedra i mo'u beio nhw o gwbl. Yr abaty sydd biau llawer o'r tir yma, a synnwn i ddim blewyn nad un o geirw'r mynachod ydi hwn sydd gynnon ni!' Edrychwn ymlaen at gael cig carw heno er, yn anffodus, fydd o ddim wedi hongian digon ac felly fydd o ddim yn frau iawn. Ond dim ots – mae gen i ddannedd cryf!

Mae'r rhan olaf o'r fyddin yn gadael Mynydd Digoll y tu ôl inni; rydan ni'n un llinyn hir o bobl ac anifeiliaid, yn agos at ddwy filltir o hyd dwi'n siŵr. Erbyn hyn, gan ein bod yng ngwlad y Saeson, mae yna farchogion allan o'n blaenau ar bob tu, yn gwylio. Sgowtiaid maen nhw'n eu galw. Thâl hi ddim i ryw fintai ymosod yn ddiarwybod arnon ni. Doedd dim angen bod mor wyliadwrus wrth inni deithio ar draws Cymru.

Erbyn diwedd y bore roeddem wedi pasio o gwmpas y Breiddyn, sef pen pellaf y gadwyn fynyddig, ac roedd gwastadedd o'n cwmpas ymhob cyfeiriad. Daeth y neges ein bod bellach ar dir Lloegr, yn sir yr Amwythig. Ymhen awr arall cawsom orffwyso ar lan afon Hafren, lle mae yna bont o'r enw Pont Montford, tra bod Iarll Rhydychen yn mynd â gosgordd gref i gael gweld a fydd Cwnstabl yr Amwythig yn fodlon agor y pyrth ac ildio i Harri Tudur.

Cyn inni ei ddilyn, cawsom ychydig o hamdden i edrych o gwmpas, ac aeth Lleucu a minnau i gomowta. Daethom ar draws rhyw bethau rhyfedd iawn – pibellau hir o fetal trwm, chwech ohonyn nhw i gyd, a phob un ohonyn nhw ar fath o gert bren efo dwy olwyn o bobtu. Porai chwe cheffyl ifanc gerllaw, a threciau ysgafn ar eu cefnau, a sylweddolais mai ceffylau ar gyfer tynnu certiau'r pibellau metal oedd y rhain.

Roedd yna Gymry o gwmpas, er bod eu Cymraeg yn swnio'n od.

'Shwd ych chi, fy lodes bert? O ble chi'n dod?' holodd un ohonynt.

Roedd yn syllu ar Lleucu. Gwelwn ar unwaith ei fod yn ei ffansïo, a theimlwn yn ddig tuag ato am wneud hynny mor amlwg.

'O Sir Fôn,' meddai Lleucu, 'a chitha?'

'O Landilo. Dynion Rhys ap Tomos y'n ni, o Shir Gâr. 'Ni bytu dwy fil i gyd a ma' rhagor 'ma o barthe Gwent.'

Roeddwn i'n falch o glywed bod cynifer i'w cael.

'Beth ydi'r rhain yn fan 'ma?' holais, gan bwyntio at y certiau a'r talpiau metal.

'Canon, achan! Dryll mawr i hwthu'r Brenin yn rhacs!'

40

Deallais ar unwaith beth oedd canon gan i mi glywed amdanyn nhw, ond wyddwn i ddim beth oedd dryll. Roedd yna le o'r enw Dryll y Bowl y tu allan i Benmynydd. Math o bant oedd hwnnw.

'Chi sy'n tanio'r rhain?' holais.

'Ie. 'Co'r peli fan 'co.'

Pwyntiodd at rwydi oedd yn dal nifer o belennau trwm, ac er nad oedd Lleucu a minnau'n deall pob gair fe gawsom wers ar lwytho a thanio canon.

'Ac maen nhw'n chwythu'r peli yma hyd at hanner milltir?' gofynnais.

'Bytu hynny. A Duw a helpo pwy bynnag sy'n ca'l 'i daro. Fe allen nhw fynd drw fwy nag un dyn. Drw'r naill a'r llall, neu drw' geffyl.'

'Mam bach!' ebychodd Lleucu.

'Fydd gan y Brenin Rhisiart ganon hefyd?' holais yn bryderus.

'O, siŵr o fod. Mwy nag un, wi'n siŵr. Jiw, jiw, fydd 'na le ofnadw yno, ble bynnag fydd hynny,' meddai'r milwr o Landeilo. Trodd ei sylw'n ôl at Lleucu.

'Ti moyn mynd am wâc fach, lodes?'

'Beth ydi wâc?' holodd hithau.

'O, tro i lawr at lan yr afon 'ma, i weld a welwn ni bysgodyn bach. Allen ni ishte lawr fan'co yn yr haul am sbelen, os ti'n moyn. Ti a fi, ni'n dou da'n gilydd …'

'Dwi'm yn deall. Diolch yn fawr i chi. Tyrd Rhys,' gorchmynnodd Lleucu'n swta. Roedd hi wedi deall digon i fod eisiau mynd yn ôl at ein carfan ni'n hunain, mae'n amlwg, ac roeddwn innau'n falch o hynny.

Wrth inni gyrraedd yn ein holau gofynnodd Nhad ble buon ni mor hir.

'Yn gweld y canon,' meddwn innau. 'Mae'n debyg y cawn ni ei weld yn saethu cyn hir …'

'Peidiwch chi â phoeni gormod amdanyn nhw,' meddai Rhys ap Maredudd. 'Maen nhw'n betha anwadal iawn. Does dim dal i ble maen nhw'n saethu. Fedrwn ni ddim dibynnu arnyn nhw. Mae'r arfau rydan ni wedi arfer hefo nhw yn well o lawer. Does 'na ddim dyfodol i ganon.'

Tybed, meddyliais, yn enwedig os oes digon ohonyn nhw – ac mae gan y Brenin fwy ohonyn nhw na ni. Fentrais i ddim sôn am hynny wrth Rhys ap Maredudd, wrth gwrs.

Dyma gychwyn, a'r pnawn yn boeth; mewn llai nag awr daethom i olwg y dref fwyaf a welais i erioed. Roedd hi'n llawer mwy na Biwmares. Arhoswn eto, ac ymhen ychydig gwelwn Iarll Rhydychen a'i osgordd yn carlamu tuag atom ac yn mynd yn syth am Harri Tudur a Iarll Jasper.

Cyn hir, roedd pabell fawr gron Harri yn cael ei chodi ac un neu ddwy o rai eraill i Jasper a Rhydychen, mae'n siŵr.

'Fydd yna ddim mynd i mewn i'r Amwythig heddiw, felly,' meddai Nhad. 'Rhaid bod rhyw drafferth. Thâl hi ddim os bydd trefi Lloegr yn ein gwrthod.'

'Arhoswch yma,' meddai Rhys ap Maredudd. 'Codwch eich gwersyll a pharatoi bwyd. Mi af i holi beth sy'n bod.'

Mae'n siŵr iddo fod i ffwrdd am bron i awr, ac erbyn hynny roeddem wedi dechrau bwyta. Roedd y cig carw'n dipyn haws i'w gnoi nag yr ofnais, ond roedd ein bara wedi caledu, mwya'r piti. Lle caem ni fara ffres os oedd y trefi'n cau eu pyrth yn ein herbyn?

'Hyd y deallaf i,' meddai Rhys, 'mae Iarll Rhydychen, er ei holl rwysg a'i statws, wedi methu â pherswadio'r Cwnstabl i agor pyrth yr Amwythig inni. Fe gymerai oesoedd i oresgyn y dref. Mae afon Hafren yn amgylchynu'r lle bron mewn cylch cyfan, fel ffos amddiffynnol naturiol.'

'Mae hi wedi canu arnon ni, felly. Y cwbl yn ofer,' cwynodd Meistr.

'Na, dydi pethau ddim yn anobeithiol eto, Owain ap Tudur.

Does wiw iddyn nhw ein croesawu'n rhy barod. Mae'r Cwnstabl yn anfon cynrychiolydd yn nes ymlaen i sgwrsio rhagor.'

'Ac i weld pa mor gryf ydan ni mewn gwirionedd,' meddai Meistr, a'i lais yn dipyn mwy gobeithiol. 'Mi fydd ein mawrion ni yn dangos eu hunain yn eu holl arfau, siŵr o fod!'

'Yn sicr,' meddai Rhys ap Maredudd. 'Mi welais y tri Iarll a Syr John Savage ac eraill yn arwisgo ac yn codi eu baneri. Roedd y canonau hefyd wedi eu llusgo at ymyl y pebyll. Rêl sioe!'

Roedd yn dechrau tywyllu pan ddaeth cynrychiolaeth allan o'r dref at Harri Tudur a'i benaethiaid ac roedd yn hollol dywyll pan giliasant yn ôl i'r Amwythig. Sut aeth hi, tybed?

Roeddwn ar fin syrthio i gysgu wedi llond bol o fwyd pan glywsom y byddem yn cael mynediad drwy'r dref yn y bore. Roedd clywed hynny'n rhyddhad mawr i bawb ohonom.

YR AMWYTHIG
Dydd Llun, 15 Awst

Dyma'n chweched diwrnod ar yr antur enbyd yma, a phorth yr
Amwythig ar agor led y pen inni gael croesi'r Welsh Bridge i
mewn i'r dref. Maen nhw'n deud mai'r English Bridge sy'n
mynd allan yr ochr bellaf.

'Tref Gymreig oedd hon ers talwm,' eglurodd Meistr Owain
ap Tudur, 'ac os gwrandewi di'n ofalus, mi glywi di dipyn o
Gymraeg yma o hyd.'

Ond ychydig iawn o bobol y dref oedd yn y golwg. Roedden
nhw'n cuddio yn niogelwch eu tai, siŵr o fod. Rydan ni wedi
cael ein siarsio i fyhafio a pheidio â dwyn na chodi twrw. Daeth
rhybudd y bydd Harri Tudur yn crogi unrhyw un yn y fan a'r
lle os torrir y rheol. Fel yr eglurodd Rhys ap Maredudd, mae
Harri â'i fryd ar ennill calonnau'r bobl yn Lloegr.

Cawsom hefyd orchymyn i roi llinynnau ar ein bwâu – rhag
ofn – ond mae'r dref yn dawel iawn. Yn ffodus, am ein bod yn
agos at flaen y fyddin, heb fod ymhell iawn oddi wrth Harri
Tudur ei hun, gwelodd Lleucu bod ambell dorth ar werth y tu
allan i fecws bychan.

'Arian, Gwilym Gam!' gwaeddodd. 'Brysiwch!'

Da iawn hi. Cafodd dair torth am geiniog a dimai. Eiliadau'n
ddiweddarach, a byddai'r cwbl wedi mynd.

''R Amwythig 'ma'n dipyn o dref, Mistar!' meddai Goronwy
Fychan. 'Mae'r castell acw'n gadarn iawn yr olwg.'

'Ti'n iawn, Gronw,' atebodd Meistr. 'Fuasai waeth ein bod
wedi troi'n ôl am Benmynydd ddim heblaw inni gael croeso

yma. Does 'na ddim bonllefau, efallai, rhag ofn inni beidio ennill y dydd.'

'Tybed gawson ni'n gwrthod ddoe er mwyn i amryw ohonyn nhw ddianc i chwilio am y Baedd o Iorc tua'r gogledd yna, lle bynnag y mae o?' meddai Nhad wrth Rhys ap Maredudd.

'Digon tebyg, Gwilym Gam, ond paid ti â phoeni. Mae'r Brenin yn siŵr o fod â syniad eitha da lle'r ydan ni ers dyddiau lawer. A fydd o ddim yn debyg o ladd amser cyn casglu ei fyddin at ei gilydd chwaith.'

'Mae 'na fynachlog fawr ar y dde yn y fan'cw, ar lan yr afon,' meddai Lleucu, gan bwyntio draw dros ganllaw'r English Bridge wrth inni ymadael â'r Amwythig.

'Ti'n iawn, Lleucu,' meddwn innau, 'ac edrycha ar y mynachod wedi casglu at ei gilydd. Maen nhw'n swnllyd iawn, yn wahanol i'r arfer. Maen nhw fel petasen nhw'n protestio am rywbeth.'

Yna gwelem yn glir griw o ddynion mewn dillad gwyrdd a rhyw bethau od iawn am eu pennau.

'Ew! Cyrn ceirw! Maen nhw i gyd yn gwisgo cyrn ceirw ar eu pennau. Wel dyna ddoniol! Anterliwt neu ddawns ydi hi, tybed? Be ar wyneb daear maen nhw'n ei wneud?' gofynnais.

Roedd y dynion yn dawnsio i fiwsig pibau ac yn chwifio brigau o ddail gwyrddion.

'Mae'n rhaid mai dawns baganaidd ydi hi. Dyna pam mae'r mynachod yn protestio,' eglurodd Rhys ap Maredudd.

Ar hynny daeth mintai o wŷr meirch ar garlam o'r tu ôl inni a mynd heibio ar frys gan anelu am y dawnswyr. Roedd eu cleddyfau yn eu dwylo, a wnaethon nhw ddim lol ond hyrddio'u ceffylau i ganol y dawnswyr a dechrau taro cefnau'r dynion mewn gwyrdd efo cledrau fflat y cleddyfau. Doedden nhw ddim yn eu trywanu, ond yn eu taro ag ochrau'r llafnau. Roedd yna weiddi uchel ac o fewn eiliadau roedd y cyfan o'r dynion wedi gwasgaru. Rhedai'r dawnswyr i bob cyfeiriad,

45

rhai'n gloff ac eraill yn dal eu pennau. Roedd dawns y cyrn ar ben. Sylwais ar y mynachod yn troi am yr abaty, yn fodlon eu byd.

'Rhaid ei bod yn ddiwrnod gŵyl hynafol o ryw fath,' tybiodd Nhad.

Wedi inni basio drwy'r dref heb achosi niwed i'r trigolion, cawsom wersylla ar yr ochr draw i'r dref trwy'r dydd, a chyn hir daeth nifer o siopwyr a masnachwyr allan atom ni gan obeithio gwerthu eu nwyddau. Doedd hynny ddim yn llawer o fantais onid oedd gennych chi dipyn o arian.

Roedd gan ein criw ni fara ffres rŵan, a pheth cig ar ôl, a hyd yn oed rhywfaint o gaws o Benmynydd, felly dim ond cwrw a llefrith a brynwyd. Cadwyd y cwrw gan na fyddai hwnnw'n difetha, ond fe yfwyd y llefrith.

Trefnodd yr arweinwyr i brynu llwyth o saethau o'r Amwythig. Roedd gen i tua ugain i gyd, ond fe gawsom rhyw ddeg arall atynt – ac roedd hi'n rhyfedd fel y rhoddai cyflenwad ychwanegol ohonynt fwy o sicrwydd a hyder i ddyn.

Un o'r prif resymau dros oedi, yn ôl Rhys ap Maredudd, oedd er mwyn anfon sgowtiaid allan i ddarganfod ble roedd milwyr y teulu Stanley. Dylent fod i'r gogledd ohonom, a byddai'n rhaid i ni a nhw uno cyn bo hir.

Rheswm arall dros oedi oedd er mwyn cael ymarfer symudiadau, yn arbennig y ddealltwriaeth rhwng y picellwyr a'r gwŷr bwa a saeth. Nid oedd wiw ein gadael ni, y saethwyr, ar drugaredd y gwŷr meirch. Felly, er mai ni'r saethwyr oedd i fod yn y blaen ar ddechrau'r brwydro – er mwyn gollwng hynny a allem o saethau ar y gelyn – os oedd marchogion y gelyn neu'r picellwyr yn ymosod arnom, roeddem i gilio drwy rengoedd ein picellwyr ein hunain, a hwythau wedyn oedd i greu wal soled amddiffynnol i dderbyn hyrddiad y gelyn.

Yn Saesneg roedd Syr John Savage yn gweiddi ei orchmynion, ac roedd yn rhaid deall bloeddiadau fel *'Pikeman*

Advance' a *'Bowmen Retreat'*. Roedd hi'n bwysig ofnadwy bod y picellwyr y tu ôl i ni yn codi blaenau eu harfau peryglus yn uchel, rhag ofn i ni redeg i mewn i'r llafnau miniog hyll wrth gilio drwyddynt.

Roedd yna ymarfer arall hefyd. Ar ôl y waedd *'Bowmen Double Retreat'* roeddem ni'r saethwyr i fod i gilio'n ôl deirgwaith ymhellach, achos roedd y picellwyr yn mynd i agor llwybr i'r gelyn ddod i mewn, boed farchogion neu wŷr traed. Y cynllun wedyn oedd cau'r adwy ac amgylchynu'r gelynion o bob tu a'u lladd – a doedd wiw inni ddefnyddio'r bwa rhag difa ein dynion ein hunain oni bai bod y gelyn yn torri drwodd atom.

Dyna sut y treuliwyd gweddill y dydd cyn noswylio.

Y noson honno, dywedodd Nhad wrth Lleucu y byddai'n well iddi dorri ei gwallt yn gwta a gwisgo dillad dyn.

'Byddai hynny'n fwy diogel,' meddai, 'ac efallai na chei di aros yn yr osgordd am mai merch wyt ti. Fe wnei di hogyn del iawn!'

Wrth i mi geisio cysgu, roedd Lleucu wrth fy ymyl, yn tocio'i gwallt yn gwbl anfoddog ond yn derbyn nad oedd dewis arall ganddi.

Ganol pnawn, wedi rhyw bum awr o gerdded, a ninnau wedi cael aros ond unwaith i orffwyso, fe welem y gwŷr ar y blaen yn dechrau chwalu o bobtu'r llwybr i wersylla. Diolch am hynny. Mae cerdded am oriau yn beth blinedig iawn, hyd yn oed ar draws tir gwastad fel hwn.

Doedd yr afon fach agosaf ddim yn union yn ymyl y ffordd, felly fe gerddais y tri cheffyl at lan y dŵr i yfed. Roedd ugeiniau o ddynion eraill yn gwneud yr un peth a llawer o ferched, gan gynnwys Lleucu, yn codi dŵr glân i'w gario i'r gwersyll.

Tra oeddem yn bwyta, fe glywsom hwrê uchel o gwr y goedlan agosaf a daeth rhai cannoedd o filwyr traed a marchogion i'r golwg. Gwelem faner ymysg y marchogion, a llun ci hela mawr trwm ar y lluman.

'Rydyn ni 'mhell dros bum mil erbyn hyn, Rhys ap Maredudd,' sylwodd y Meistr.

'Ydyn, ond eto ddim yn ddigon, gwaetha'r modd, Owain ap Tudur. Mae'r cyfan yn dibynnu ar y brodyr Stanley. Ble maen nhw, tybed? Roedd Syr Wiliam Stanley i fod i godi gwŷr Sir Fflint a Maelor. Maen nhw i fod yn y cyffiniau yma heno neu fory, y fo a'i frawd hynaf, yr Arglwydd Tomos Stanley o Sir Gaerhirfryn. Os cawn ni'r ddwy garfan yna i ymuno â ni, gallai olygu tair i bedair mil o ddynion ychwanegol, ac mi fyddai gennym ni siawns wedyn. Ond, yn anffodus, braidd yn chwit chwat ydi'r teulu Stanley – eisiau bod y tu caletaf i'r clawdd bob amser. Maen nhw fel ceiliogod y gwynt, yn troi fel mae'r awel yn chwythu gryfaf.'

'Fyddwn ni'n gwybod yn weddol erbyn fory?'

'Byddwn.'

'Ond sut na fyddai'r Arglwydd Tomos Stanley yn fwy triw i Harri Tudur? Wedi'r cwbl, mae'n briod â mam Harri Tudur, felly mae'n llys-dad iddo,' haerodd y Meistr.

'Ydi, fe ailbriododd y Foneddiges Margaret Beaufort – ac mae hi'n siŵr o fod yn ceisio hybu achos ei mab gyda Tomos Stanley,' eglurodd Rhys ap Maredudd, 'ond dwi'n dweud eto, maen nhw'n hollol ddi-ddal.'

'Mae hi bron â nosi,' meddai Meistr, 'a ni sydd ar wyliadwraeth heno.' Cyfeirio roedd Meistr ato fo'i hun, Nhad, Lleucu a minnau, Goronwy Fychan a Madog. 'Gwell inni godi'n harfau a mynd at Wiliam Brandon iddo gael ein gosod yn lle bynnag mae o eisiau inni wylio.'

'Mi wnaf innau yr un peth,' meddai Rhys ap Maredudd. 'Wela i chi i gyd y tu allan i babell Brandon,' a throdd ar ei sawdl.

Doedden ni ddim eto wedi gorfod cadw gwyliadwraeth ar y fyddin yn gyffredinol, ond ers cyfarfod â'r ieirll ar Gefn Digoll roedd yn ofynnol inni gymryd ein tro yn gwarchod y mawrion.

'Mae disgwyl i ni'r werin fod yn driw i'r meistri yma,' grwgnachodd Goronwy Fychan wrth inni symud i gael ein cyfarwyddo gan Brandon.

'Oes,' ategodd Madog, 'er bod Mistar a Rhys ap Maredudd yn deud bod yr uchelwyr yma'n medru chwarae'r ffon ddwybig.'

Nid oedd bwa a saeth fawr o ddefnydd yn y tywyllwch er bod tanau sylweddol o flaen pebyll y boneddigion, ond cario fy mwa wnes i p'run bynnag, a da o beth oedd i mi wneud hynny, erbyn gweld.

Daethom at hanner dwsin o'r pebyll crwn a sefyll i gynhesu

49

ychydig wrth un o'r tanau. Cyrhaeddodd Rhys ap Maredudd a dyrnaid o'i ddilynwyr yr un pryd ag y daeth William Brandon o rywle, ac anferth o gi wrth ei sodlau.

Eglurai Rhys ap Maredudd beth a ddywedodd Brandon yn Saesneg. Roeddem i gadw'r tanau'n fyw gan ddefnyddio'r pentwr coed tân gerllaw. Gallai ein hanner ni hepian ger y tân gydag arfau'n barod, ond roedd yr hanner arall i aros ar eu traed a mynd o amgylch y pebyll bob hyn a hyn.

Aeth Nhad, Lleucu a Madog i eistedd wrth y tanllwyth y tu allan i fynedfa pabell Harri Tudur tra crwydrai'r Meistr, Goronwy a minnau o gwmpas y cyffiniau. Gwaith diflas oedd hynny, a deuem at ein gilydd bob hyn a hyn am dipyn o sgwrs. Roedd gorfod nôl ambell gangen a boncyff bychan i'w taflu ar y tanau yn rhywbeth i'w wneud ac yn help i gadw'n effro.

Bellach, roedd y tri arall wedi gorwedd i gysgu ers amser. Plygais i lawr wrth ochr y bleiddgi blewog a'i anwesu. Oedd Meg yn gweld fy ngholli yn ôl ym Mhenmynydd, tybed? Daeth rhyw bwl o hiraeth am dawelwch y plas drosof am eiliad. Ci Brandon ei hun oedd y ci hwn. Roedd o'n ddigon cyfeillgar, er ei fod yn greadur anferth, fel cŵn mawr y Gwyddelod. Rhyfedd fel mae cŵn yn medru gwahaniaethu rhwng rhywun sydd â hawl yn rhywle, o'i gymharu â throseddwr.

Yn sydyn, sythodd y ci a chodi'i glustiau. Edrychai i'r tywyllwch y tu ôl i'r pebyll. Roedd yna goedlan heb fod ymhell iawn y tu ôl i'r pebyll. Roedd y Meistr a Goronwy Fychan o'r golwg yn rhywle.

Dechreuodd y ci chwyrnu'n isel a sefais ar fy nhraed a gwrando. Chwyrnodd y Gelert mawr yma eto, ychydig yn uwch. Achosodd rhywbeth i mi dynnu saeth o'r wain a'i gosod yn llac ar fy mwa.

Symudais at babell Harri Tudur a heibio i'w hochr, a'r helgi'n gwmni clòs. Wrth inni ddod y tu ôl i'r babell llamodd y ci ymlaen ac ymosod ar rywun. Tri dyn. Medrwn weld tri ffigwr yn sgrialu o'r tu ôl i'r babell fawr yn y golau gwan a adlewyrchai o'r tanau. Roedd yr helgi wedi tynnu un o'r dynion i lawr; roedd ei ddannedd yn gafael yng ngwddf y dyn, a hwnnw'n griddfan mewn poen. Rhedai'r ddau arall i ffwrdd nerth eu traed. Codais fy mwa mewn amrantiad a gollwng saeth heb oedi.

Clywais sgrech. Roeddwn wedi taro un o'r dynion. Tynnais saeth arall allan, ond erbyn hyn roedd y trydydd dyn wedi diflannu i'r tywyllwch ac i'r coed. Roedd yna leisiau i'w clywed erbyn hyn wrth imi gyrraedd y ci a thynnu yn ei goler. O rywle, daeth y gair Saesneg 'stand' i'm genau ac yn wir fe weithiodd. Gollyngodd y ci wddf yr adyn oedd ar lawr a griddfanai hwnnw'n ddolurus.

Cyrhaeddodd Goronwy Fychan a Meistr yr un pryd a'u gwynt yn eu dwrn.

'Be ddigwyddodd, Rhys? Faint ohonyn nhw oedd yna?' holodd Owain ap Tudur.

'Tri, dwi'n meddwl,' dechreuais egluro. 'Roedden nhw y tu ôl i babell yr Iarll Richmwnd.'

Roedd rhai eraill wedi cyrraedd erbyn hyn, gan gynnwys Syr William Brandon, Nhad, Lleucu, Madog a Rhys ap Maredudd.

'Wyt ti'n iawn, Rhys?' holodd Nhad yn bryderus, a theimlais Lleucu'n estyn am fy llaw.

'Yn berffaith iawn, ydw, mi ddigwyddodd popeth mor sydyn. Y ci 'ma glywodd rhywbeth. Dwi wedi saethu rhywun, Nhad,' meddwn, dan grynu ychydig. 'Mae o draw acw.'

'Mi af i weld,' meddai Rhys Fawr, a chleddyf noeth yn ei law. 'Lleucu! Dos â Rhys at y tân a cheisia gael diod iddo,' gorchmynnodd.

Daeth y ci hefo ni, ac eistedd wrth fy ochr, fel petai am fy ngwarchod. Canmolais ef yn Gymraeg ac roedd fel petai'n deall.

Roedd cryn nifer o ddynion wedi ymgasglu o'm cwmpas

bellach, ac aeth Brandon o amgylch y pebyll i egluro beth oedd wedi digwydd.

'Rwyt ti a'r bwystfil 'ma wedi achub bywyd Iarll Richmwnd yn ddigon siŵr,' meddai Nhad wrthyf.

'Ydi'r llall wedi marw?' holais yn floesg a chymryd llymaid o ddiod dieithr ei flas. Gwin, mae'n debyg.

'Ydi. Paid â phoeni am hynny. Gelyn oedd o, mi wnaethost yn dda,' cysurodd Madog fi.

'Rhaid bod gennyt ti lygaid fel tylluan i fod wedi llwyddo i'w daro yn y nos fel hyn,' canmolodd Goronwy Fychan. Roedd yn dda gen i gael cwmni a chyfle i siarad ar ôl yr helynt.

Daeth Brandon toc, ac meddai wrth Rhys ap Maredudd, '*The other scoundrel has just died. Pity. We cannot discover who they were or where they were from. But good for you, young man. Henry Richmond thanks you and sends you this.*'

Doeddwn i'n deall yr un gair ond gwelwn ei fod yn fodlon arnaf, ac estynnodd rhywbeth imi. Modrwy!

'Ew, mae hi'n ddel, Rhys. Modrwy efo carreg goch. Edrych mewn difrif calon, welais i 'rioed y fath beth,' meddai Lleucu.

'Wnei di ei chadw'n ddiogel imi?' gofynnais iddi.

'Gwnaf i. Mi edrychaf ar ei hôl hi'n saff ddigon. Mae hi'n werth ffortiwn! Edrych fel mae hi'n fflachio yng ngolau'r tân! Ceisia orwedd rŵan a chysgu. Rwyt ti wedi gwneud tro da o waith heno ddywedwn i. Gorwedda hefo'r hen gi 'ma tan y bore.'

Bûm yn troi a throsi am hydoedd. Roedd fy meddwl yn effro, yn ail-fyw'r digwyddiad drosodd a throsodd, yn gymysgedd o falchder ac o gywilydd hefyd.

STAFFORD
Dydd Mercher, 17 Awst

Roedd hi wedi bwrw glaw mân cyn i'r wawr dorri, ond roeddem yn ffodus bod y tanau heb eu diffodd. O leiaf, gallwn gynhesu a chael tamaid o fwyd.

Mae'n anodd peidio â dal i feddwl am neithiwr, ond mae Lleucu'n gwmni wrth fy ochr ac mae hynny'n gysur. Mae angen i rywbeth ddigwydd i godi'n calonnau ni, a chyn i ni symud i ffwrdd fe gafwyd tipyn o gyffro. Un o weision Harri Tudur ddaeth draw atom a dweud wrth Rhys ap Maredudd am fynd at yr Iarll.

'Mae rhywbeth ar y gweill mae'n rhaid,' meddai Meistr, 'os yw ein capten yn cael ei alw. Cael ei urddo'n farchog, efallai?' meddai'n hwyliog. 'Efallai y bydd yn rhaid inni gow-towio o ddifrif iddo o hyn ymlaen!' A chwarddodd wrth godi pecynnau ar gefn Seren.

Dychwelodd Rhys ap Maredudd atom yn fuan.

'Reit sydyn rŵan,' meddai. 'Mae Syr John Savage yn mynd i reoli catrawd Harri Tudur – "Battle" yr Iarll Richmwnd mae o'n ei galw hi, ac mae arno eisiau gosgordd bersonol i Harri Tudur. Mae arno angen ugain marchog, ac mi rydw i i fod yn un o'r rheini, ac ugain o bicellwyr – ond does ganddo ddim saethyddion o gwbl. Mae o eisiau deg o saethwyr da, a'r rheini i farchogaeth yn yr osgordd bersonol. Hanner cant i gyd.'

Beth oedd o am ei ddweud nesaf? Roedden ni'n dal ein hanadl.

'Owain ap Tudur, Gwilym Gam, Rhys ap Gwilym, rydach

chi i fod yn dri o'r deg gŵr bwa gan fod gennych dri cheffyl.'

Er mor gyffrous oeddwn i fy hun, meddyliais am Lleucu.

'Dwi ddim yn dŵad heb Lleucu,' meddwn yn bendant. 'Dwi eisiau Lleucu hefo mi.'

'Paid â phoeni, Rhys, mi ffeindiwn ni gaseg fach iddi hi. Casglwch eich pethau a dilynwch fi,' gorchmynnodd Rhys.

Yn ffodus, roedd gwallt cwta Lleucu yn help iddi i'w phasio fel hogyn. Daethom ein pump at y mawrion – sef Harri Tudur, Jasper Tudur, Iarll Rhydychen, Syr John Savage, Syr Wiliam Brandon, Syr Gilbert Talbot a oedd wedi ymuno neithiwr, Syr Wiliam Herbert a rhai Cymry eraill blaenllaw megis Rhys ap Tomos, Wiliam ap Gruffudd, a Dafydd Myddleton Hen – yn ogystal â rhai oedd yn gwbl ddieithr i ni.

Eglurwyd i Rhys ap Maredudd y byddai Iarll Richmwnd yn mynd i gyfarfod dirgel y noson honno, ac y byddai'r osgordd o hanner cant yn cael eu harwain gan Syr Wiliam Brandon a Rhys ap Maredudd gan mai fo oedd i fod yn ddirprwy geidwad y stondard pe digwyddai unrhyw anffawd i Brandon. Doedden ni i ddweud dim wrth neb ar boen ein crogi, dim ond aros o gwmpas Harri a Jasper drwy'r dydd yn ffyddlon. Byddai pobl eraill yn gofalu am fwyd inni; y cyfan oedd rhaid i ni ei wneud oedd bod yn wyliadwrus ac yn barod bob amser i amddiffyn yr ieirll.

Cawsom wybod ein bod i symud yn syth i ardal Stafford ac y byddai'r fyddin yn gorffwyso ar dir uwch – Cannock rhywbeth – ond y byddem ni'n mynd ychydig i'r gogledd ar y neges ddirgel. Yn ddiweddarach, gan Rhys ap Maredudd, y deallais i hyn i gyd.

'Glyna'n agos ata i, Rhys – ti a Lleucu – ac mi fyddwch chi'n iawn,' cysurodd.

Profiad arbennig oedd marchogaeth o amgylch y fintai fawreddog yma, a phob un ohonynt yn eu harfau trwm a'u ceffylau mawr yn dyrnu'r ddaear fel drymiau. Roeddem yn dal i deithio tua'r dwyrain – fe wyddwn hynny o achos bod yr haul o'n blaenau – ond roeddem wedi tueddu'n fwy deheuol. Oedden ni'n mynd bob cam i Lundain? Onid yn y gogledd oedd 'Y Baedd o Iorc'? Mi hoffwn fod wedi cael holi Rhys ap Maredudd ond doedd neb ond yr arweinwyr yn siarad. Edrychais gyda balchder ar y stondard hardd gwyn a gwyrdd, a'r ddraig ffyrnig fel fflam goch ar ei chanol. Y ddraig oedd ein cenedl ni, ac roedd yn rhaid inni orchfygu!

Roedd y tir isel a gwastad y teithiem drwyddo yn frith o fân bentrefi, a phob tro y deuem yn agos i un ohonynt mi welech y mamau'n casglu eu plant ac yn eu gwthio i mewn i'r bythynnod. Doedd dim rhaid iddynt boeni gan fod ein harweinwyr yn llym ofnadwy. Mi glywais fod Iarll Rhydychen wedi crogi dau Ffrancwr ddoe ddiwethaf am ddwyn ac aflonyddu ar deulu y tu allan i bentref Newport, ac roedd y newyddion wedi ei ledaenu'n fwriadol drwy'r fyddin fel rhybudd i bawb. Roedd peth felly'n codi cryn dipyn o ddychryn.

Roedd ymhell dros fil o Ffrancwyr wedi glanio yn Sir Benfro efo Harri Tudur ddeng niwrnod yn ôl. Y nhw oedd y rhan helaethaf o'r fyddin o ddwy fil a ddaeth i Gymru. Maen nhw'n edrych yn brofiadol iawn, yn gymysgedd o ychydig farchogion a'r gweddill yn wŷr traed efo picellau a saethyddion fel ni, ond bod gan lawer ohonyn nhw ryw fwa od iawn sy'n saethu saeth byr a thrwchus. Dydyn nhw ddim yn medru llwytho'u saethau pwt hanner mor gyflym â ni am eu bod nhw'n gorfod weindio'r llinyn yn ôl, a dydyn nhw ddim yn saethu mor bell chwaith. Ond mae'r saeth – neu'r bowlten fel mae'n cael ei alw – yn taro'n ofnadwy o drwm. Mae yna le iddyn nhw, dwi'n siŵr, ond rhowch y bwa hir Cymreig i mi bob tro. Oni ddaru dynion Gwent greu difrod dychrynllyd ar y Ffrancod yma yn nyddiau'r Brenin Harri V? Chwalu eu byddin urddasol nhw yn chwildrins. Gwraig yr Harri hwnnw briododd Owen Tudur,

Penmynydd, pan oedd hi'n weddw ieuanc, ac roedd hi'n ferch i frenin Ffrainc – dim llai. Rhyw hanner Cymro, os hynny, ydi ein Harri Tudur ni. Ond dyna fo, y fo sy'n deud mai Cymro ydi o.

Cawsom fwyd da ddiwedd y pnawn heddiw am ein bod ni'n aelodau o'r osgordd. Doeddwn i erioed wedi bwyta cig alarch o'r blaen. Chewch chi ddim lladd alarch a'i bwyta – mae'n aderyn brenhinol – ond mae Iarll Richmwnd yn ei gyfrif ei hun yn frenin yn barod. Mi hoffwn i petawn i mor sicr â fo. Mi gawsom gig mochyn hefyd, a bara meddal, ac roedd yna botas yn ogystal. Cefais i ryw glwstwr bach o rawnwin, rhai duon blasus iawn. Efo grawnwin mae'r Ffrancwyr yn gwneud gwin, mae'n debyg. Chefais i ddim gwin 'run fath â'r boneddigion, ond mi gafodd Nhad, Lleucu a minna ychydig o gwrw'r Amwythig.

Rŵan, mae yna gyffro. Rydan ni'r osgordd yn symud tua'r gogledd cyn iddi dywyllu. Deg o farchogion ar y blaen a'r gweddill ohonom yn amgylchynu'r ddau Iarll – Syr Wiliam Brandon efo'r Ddraig Goch, a Rhys ap Maredudd. Beth welwn ni, tybed? Pwy fydd yn ein cyfarfod?

Ymhen dipyn daw chwibaniad a lleisiau'n galw wrth inni atal y ceffylau ac aros yn ymyl coedlan. Daw un o'r marchogion yn ôl atom ar garlam ac mae yna doreth o Saesneg eglurhaol. Yn bendant dwi'n clywed yr enw Syr Wiliam Stanley. Gallaf synhwyro'r rhyddhad ymysg y bonheddwyr, ac rydym yn symud ymlaen yn araf a gwyliadwrus. Fedrwch chi byth fod yn gwbl sicr na fydd brad yn digwydd. Yn ôl y gorchymyn mae fy mwa'n barod, a saeth wedi'i lwytho, ac rwy'n arwain y ceffyl efo fy nau ben-glin a'm bwa wedi'i godi. Mae yna lannerch eang a thanau'n llosgi yno, a myrdd o filwyr ymhob man. Daw llais o rhywle: '*The Earl of Richmond, advance in good faith.*'

Mae'n amlwg fod yma groeso i'w gael. 'Bwâu i lawr,'

meddai llais Rhys ap Maredudd. *'Lower your bows,'* ychwanegodd. Ond wrth gwrs, wedi dod i ganol y fyddin yma, ffolineb fuasai gwneud dim arall.

Daw rhywun crand iawn tuag at Iarll Richmwnd a Jasper; mae'r ddau'n disgyn oddi ar eu meirch ac yn cyfarch y gŵr dieithr cyn mynd i mewn i un o'r pebyll lliwgar. Mae'n dechrau tywyllu ac rydym yn sefyll yn hir ac yn disgwyl. Dechreua'r ceffylau anesmwytho gan godi eu traed yn aflonydd.

Does neb o filwyr y gwersyll yn cymryd fawr o sylw ohonom. Efallai eu bod wedi cael eu siarsio i beidio cyfathrachu â ni, er mi awn ar fy llw imi glywed digon o leisiau Cymraeg yn eu plith. Dynion Maelor a Sir y Fflint, yn ddiau.

O'r diwedd, daw'r ieirll allan o'r babell yn cael eu hebrwng gan Syr Wiliam Stanley. Medraf eu hadnabod gan ein bod mor agos atynt, ar waethaf y ffaith ei bod hi'n nosi rŵan. Mae'r ddwy ochr yn ymgrymu i'w gilydd ond mae'n amlwg o edrychiad Jasper a Harri nad ydynt yn fodlon iawn eu byd. Gobeithio'r nefoedd nad ydyn nhw wedi methu ennill cefnogaeth y teulu Stanley! Ond pam ar wyneb daear maen nhw wedi dŵad mor bell os nad ydynt o'n plaid? Heb hynny, yr unig ddewis arall ganddynt ydi troi eu cotiau a'n bradychu i'r 'Baedd'.

Trown yn ôl am ein byddin ein hunain mewn tawelwch a siom. A ble oedd yr Arglwydd Tomos Stanley? Doedd dim sôn amdano. Ydi o yn y cyffiniau o gwbl? Ganddo fo mae'r nifer mwyaf o ddynion i fod – dwy waith gymaint â'i frawd Syr Wiliam Stanley.

Does dim diben imi geisio holi Rhys ap Maredudd heno. Fydd o ddim callach beth a benderfynwyd yn y babell grand yna. Penderfynu dim, hyd y gwelaf i. Rydan ni'n dal mewn rhyw fath o dir neb. Hen beth annifyr ydi ansicrwydd.

Trio cysgu, felly, gan obeithio y daw mwy o oleuni fory neu'n fuan wedyn.

LICHFIELD
Dydd Iau, 18 Awst

Fyddwn ni ond yn teithio am ryw bedair awr heddiw. Dinas Lichfield ydi'r nod erbyn diwedd y dydd. Gan nad oedd brys i gychwyn, felly, mi gawsom weld y chwe chanon yn cael eu tanio. Wel dyna i chi sŵn!

Doedd dim pentref cyfagos ar lethrau'r Cannock yma, felly doedd dim perygl i'r ffermwyr lleol, nac anifeiliaid yn y golwg ar y gweundir chwaith. Roedd deg neu ddwsin o ddynion – dynion Rhys ap Tomos a rhai Ffrancwyr – wrth bob canon. Methwn â deall beth oedd pwrpas rhyw sgriniau mawr, tua deg troedfedd ar draws a thua chwe throedfedd o uchder. Gosododd pob criw oedd efo canon sgrin bob un o flaen y gwn, a thrwyn y gwn yn ymestyn allan drwy agoriad yn ei ganol. Gwiail cryf wedi'u plethu oedd y sgriniau.

'Arbed y dynion rhag saethau'r gelyn mae'r rheina, er mwyn iddyn nhw gael lloches tra maen nhw'n trin y canon,' eglurodd Rhys ap Maredudd.

Cariodd rhai o'r dynion gerrig crynion trwm at bob gwn a'u gosod mewn pentwr.

'Drychwch, maen nhw'n rhoi powdwr gwn i lawr y baril cyn rhoi'r belen i mewn ar ei ôl. Mae 'na dwll bychan yn y rhan ôl i gymryd ychydig rhagor o bowdwr. Hwnnw sy'n mynd i danio'r powdwr y tu mewn,' eglurodd Rhys ymhellach. 'Well i ti roi dy fysedd yn dy glustiau, Lleucu, achos mi fydd 'na sŵn byddarol yn y munud, fel taranau mawr agos.'

Y Ffrancwyr oedd yn arwain y paratoadau. Efallai mai ar

fwrdd y llongau o Ffrainc y daeth y chwe chanon. Y dynion hyn yn sicr oedd yn edrych fwyaf profiadol. Buont yn hir yn cael popeth yn barod. Fydden nhw yr un mor araf ar faes brwydr, tybed?

Y cam olaf oedd gosod y gwn i bwyntio at lecyn clir ar y waun uwchben, ac yna safodd pawb yn ôl.

Y tu cefn iddyn nhw safai swyddog a baner fechan yn ei law wedi'i chodi i'r awyr; roedd yn cyfeirio at y canon cyntaf ar y chwith. Yno plygai milwr dros ben ôl y gwn; roedd rhywbeth main hir yn ei law a mymryn o fwg yn dod o'i flaen. Daeth y faner i lawr ac estynnodd y milwr beth bynnag oedd ganddo a chyffwrdd yn nhop y canon ar y pen.

Brenin! Dyma ffrwydrad! Neidiodd pawb a chododd y brain yn un haid ddu o goedwig gyfagos gan sgrechian eu dychryn.

Welais i ddim golwg o'r belen, dim ond y mwg trwchus o gwmpas y gwn. Rhaid ei bod wedi glanio'n rhywle ar y llethr o'n blaen. Yna, cyn inni gael ein gwynt atom, dyma'r ail wn yn tanio efo cymaint o sŵn â'r cyntaf. Y tro yma roeddwn yn fwy parod i geisio gweld i ble roedd y belen garreg wedi mynd.

'Dacw hi,' meddai Owain ap Tudur, 'mae hi wedi cyrraedd y llwyni acw ar y dde. Ac wedi mynd reit trwyddyn nhw!'

'Be? At rheina draw acw? Mam bach! Mae hynny chwarter milltir i ffwrdd!' meddai Lleucu.

Ailadroddwyd y broses o ganon i ganon hyd at y chweched.

'Dyma'r olaf – wnân nhw ddim aildanio,' meddai Rhys ap Maredudd, 'rhag gwastraffu pelennau a phowdwr.'

Daeth y faner i lawr ar gyfer y gwn olaf a dyma'r glec fwyaf erioed, ond y tro hwn, daeth sgrechiadau ofnadwy i'w chanlyn. Beth ar y ddaear oedd wedi digwydd?

'Y Nefoedd Wen! Mae'r canon wedi ffrwydro!' cyhoeddodd Rhys ap Maredudd.

Cliriodd y mwg yn araf a gwelem nifer o filwyr yn gorwedd yn llonydd ar lawr. Roedd eraill yn baglu o gwmpas gan weiddi a griddfan yn uchel.

Nid oedd Rhys ap Maredudd na'r Meistr fel petaent yn malio gormod am y milwyr a anafwyd.

'Ga i fynd draw i'w helpu?' holodd Lleucu.

'Na, aros di yma,' meddai Nhad. 'Mi wnaiff rhai o'r dynion eraill glirio'r gyflafan.'

Sobrwyd ni gan yr hyn a ddigwyddodd, a sylwodd Rhys ap Maredudd bod Lleucu a minnau'n dawel iawn am weddill y daith.

'Peidiwch â meddwl gormod am yr hyn ddigwyddodd y bore 'ma,' cysurodd ni. 'Mae arna i ofn nad ydi hynny'n ddim o'i gymharu â'r hyn sydd o'ch blaenau. Edrychwch! Welwch chi'r eglwys? Eglwys Gadeiriol Lichfield, mae'n rhaid. Does 'na 'run adeilad arall mor fawr yn y cyffiniau.'

Codai tri thŵr main ac uchel fel pinaclau'n ymestyn ymhell i'r awyr. Dyna'r adeilad mwyaf a welais erioed yn fy myw.

'The Ladies of the Vale,' meddai llais y tu ôl inni. *'What's that in Welsh, Rhys ap Maredudd?'* Syr Wiliam Brandon efo'r Ddraig oedd yn holi.

'Morynion y Dyffryn *would do, Sir Wiliam.'*

'I'll take your word for it, Rhys ap Maredudd. Would you care to carry our banner for the rest of the day, hoping you will not need to do so on the field of battle? We are in God's hands. If He wills it we shall overcome. Have no fear.'

Mi wnes i ddeall y geiriau *'banner'* a *'God's hands',* ac mi roedd beth bynnag arall a ddywedodd yn glir pan drosglwyddwyd baner y Ddraig Goch i Rhys ap Maredudd i'w chario. Roedd balchder Rhys ap Maredudd yn amlwg ar ei wyneb mawr agored.

'It is a great honour, Sir Wiliam,' atebodd gan ychwanegu, 'anrhydedd fawr iawn, Syr.' Roedd pob un ohonom yn llenwi â balchder mwy nag erioed.

Er nad oedd muriau mawr o gwmpas y ddinas fechan, dim

ond o amgylch yr eglwys gadeiriol ei hun, cadw'i fyddin y tu allan i Lichfield ar lan afon Tame a wnaeth Harri. Serch hynny, mi aeth i mewn i'r ddinas, hefo ni yn osgordd iddo, i gyfarfod yr Esgob. Roedden ni'n arfog wrth gwrs, ac aros y tu allan i ddrws gorllewinol yr eglwys wnaethom ni tra aeth Harri a Jasper, Syr Wiliam Brandon a Rhys ap Maredudd i mewn.

Ildiodd Rhys ap Maredudd y Ddraig Goch yn ôl i Syr Wiliam Brandon.

Mae'n debyg bod yr Arglwydd Esgob wedi bendithio'r faner. Ai o'i fodd neu o'i anfodd nid oeddwn yn gwybod – ond efo byddin go fawr yn ymyl, doedd o ddim yn debygol o wrthod, nac oedd?

TAMWORTH
Dydd Gwener, 19 Awst

Gan nad yw ein byddin ni'n aros fwy nag un noson yn yr un lle, dydi hi ddim yn werth inni agor geudai. Fel rheol, mae yna lwyni neu goed neu ffosydd lle gall dyn fynd allan o'r ffordd i wneud ei fusnes yn weddol ddirgel. Y tu allan i Lichfield, does yna fawr o ddewis ond mynd i lawr o dan torlan yr afon a chyrcydu yn y fan honno.

Mi fydda i'n helpu Lleucu weithiau, er mwyn iddi hi fedru cuddio ei hun, achos bod cymaint o ddynion o gwmpas. Byddaf yn troi fy nghefn arni gan ddal clogyn i fyny y tu ôl imi i'w gwarchod o olwg pawb. Mae treulio cymaint o amser efo Lleucu – llawer mwy nag adre ym Mhenmynydd – yn gwneud imi sylweddoli un mor annwyl ydi hi. Mae hi'n ddel hefyd, hyd yn oed hefo'i gwallt byr. Rhywun tebyg iddi hi yr hoffwn i ei chael yn wraig, ond go brin y ca' i afael ar neb mor ddewr â hi chwaith.

Rhyw bethau fel yna sy'n mynd trwy fy meddwl y bore 'ma wrth imi eistedd i ailiro fy nau linyn bwa efo dipyn o saim gŵydd. Thâl hi ddim i linyn bwa sychu'n grimp, ac mae'n bwysig iro ychydig ar y bwa ei hun hefyd, ond dim ond ychydig. Mae'r pren yn cadw'n fwy hyblyg o'r herwydd. Mi welais i filwr echdoe yn tynnu mor galed yn ei fwa nes y torrodd yn yfflon. Roedd o'n ddyn mawr cryf, ond dwi'n siŵr na fyddai hynny wedi digwydd petai o heb esgeuluso'r bwa.

Er ein bod ni'n teithio ar draws gwlad llawer ysgafnach nag yng Nghymru, dydan ni ddim yn mynd mor bell bob dydd gan fod cynifer ohonon ni erbyn hyn. Yn lle cant neu ddau, rydan ni bellach dros bum mil – ac os daw'r ddau Stanley atom byddwn yn wyth mil o leiaf. 'Sgwn i ydyn nhw'n cadw'r byddinoedd ar wahân rhag arafu gormod? Maen nhw wedi bod yn anfon sgowtiaid bob hyn a hyn tua'r gogledd i geisio dilyn hynt y brodyr Stanley drwy'r dydd.

Rhyw le o'r enw Tamworth ydi'r cyrchfan nesaf, ac rydym yno ar ôl llai na theirawr o deithio. Sylwodd Rhys ap Maredudd ar un arall o'r sgowtiaid yn dod yn ei ôl.

'Mi af i holi Syr Wiliam Brandon i weld a ydi o'n gwybod rhywbeth. Maen nhw'n gyndyn iawn o egluro dim,' meddai.

Am y brodyr Stanley rydan ni'n meddwl fwyaf. Mi ddylem fod yn meddwl mwy am y Brenin Rhisiart, mae'n debyg – wedi'r cyfan, fo fydd raid inni ei wynebu cyn hir. Pa bryd y clywodd y Brenin bod Harri Tudur wedi glanio yng Nghymru, tybed? Tua'r un adeg â ninnau yn Sir Fôn, efallai, neu rhyw ddiwrnod neu ddau'n ddiweddarach.

Tybiai Meistr Owain ap Tudur mai yn rhywle yn Swydd Efrog yr oedd Rhisiart pan dorrodd y newydd am Harri. Wedi'r cyfan, fo ydi Dug Efrog yn ogystal â bod yn frenin y deyrnas. Medrai godi byddin yn gyflym yn yr ardal honno. A faint o ffordd oedd yna i Lundain? Roedd ganddo filwyr yn y fan honno hefyd, siŵr o fod. Ychydig a wyddem, ar y pryd, nad oedd 'Y Baedd o Iorc' yn ddim pellach na Nottingham. O gymharu â'r pellter roedd ein byddin ni wedi'i deithio – o bellafoedd Penfro yn un pen ac o Sir Fôn yn y pen arall – mi fyddai gan Rhisiart lawer mwy o amser i ymgasglu a pharatoi.

Daeth Rhys ap Maredudd yn ôl atom ymhen hir a hwyr.

'Wel?' holodd amryw ohonom ar yr un gwynt.

'Ia, hawdd y gallwch chi holi. Y cwbl wn i ydi bod yna gyfarfod fory eto efo'r brodyr Stanley, cyn nos. Mae'n amlwg eu bod yn dal yn weddol agos atom.'

'Wel, diolch byth am hynny,' ochneidiodd Meistr.

'Doedd Brandon ddim yn fodlon dweud llawer ond rydw i'n amau ei fod ychydig yn fwy ffyddiog a bod 'na ryw gynllwyn ar y gweill. Mi gawn ni, yr osgordd, gyfle i fynd i wersyll Wiliam Stanley eto.'

'Dwi'n gweld eu bod nhw'n paratoi i wersylla yn y pen blaen yna. Dewch inni ddewis ein lle yn ymyl yr ieirll. Rydan ni'n debycach o gael bwyd go dda yn y fan honno,' awgrymodd Meistr.

Aethom ati i dynnu ein paciau oddi ar y ceffylau a pharatoi gwâl i ni'n hunain. Roedd Lleucu'n dawel, a mentrais holi a oedd rhywbeth o'i le.

'Welaist ti'r crogi yna heddiw, Rhys?' gofynnodd.

'Do,' atebais, 'y tri Ffrancwr.'

'Ia, roedd o'n ofnadwy. On'd ydi dynion yn anwar? Fuasan nhw ddim yn gwneud hynny i gi,' atebodd hi'n chwerw.

'Ond beth am greulondeb y Ffrancwyr, Lleucu? Roedd y tri ohonyn nhw wedi torri i mewn i'r bwthyn 'na, nid dim ond i ladrata ond i guro'r gŵr a threisio'r fam hefyd.'

'Ti'n iawn, Rhys … mae 'na bethau dychrynllyd yn digwydd yn sgil rhyfel.'

'Nid rhyfel oedd hynny o gwbl, Lleucu. *Mynd* i ryfel ydan ni.'

'Mae o bron â bod yr un peth,' meddai hithau.

Doedd hi ddim wedi gwylio'r Ffrancwyr yn cael eu crogi, dim ond clywed yr hanes wnaeth hi. Ond mi es i, er dwi ddim yn credu yr af i weld y fath beth byth eto. Mae pobol yn mynd i Fiwmares yn aml i weld crogi. Allan ar Benrhyn Safnant, lle wnaethon ni groesi'r Fenai yn y cychod, y byddan nhw'n gwneud hynny.

Dynion Iarll Rhydychen oedd wedi dal y tri dihiryn, ac ar ôl ond y cyfnod lleiaf o wrando tystiolaeth, meddai, '*String them up right now. Let everybody see them pay the penalty. I will not have my orders disobeyed!*' Trodd ar ei sawdl a mynd am ei babell a'i ginio gan adael ei sarsiant i gyflawni'r gwaith.

Roedd hi'n hawdd dyfalu beth oedd ei orchymyn. Gwelwn dri cheffyl cryf yn cael eu tywys at goeden dderw fawr, a rhaffau'n ymddangos o rywle. Gwaeddai'r Ffrancwyr, gyda dau ohonynt yn strancio wrth geisio rhyddhau eu hunain, ond roedd y llall yn fud ac yn ufudd. Efo'r *men at arms* cyhyrog yn eu dal a'u gwthio ymlaen, doedd ganddynt ddim siawns o ddianc, wrth gwrs. Clymwyd eu dwylo y tu ôl i'w cefnau â chryn drafferth.

Plethwyd pen y tair rhaff yn null rhaff crogwr a thaflwyd y dolenni dros eu pennau. Cerddwyd hwy o dan y goeden a thaflwyd y rhaffau dros ben y gangen braff ac i lawr yr ochr arall. Wedyn arweiniwyd tri cheffyl, ochr yn ochr â'i gilydd, bron o dan y gangen. Dringodd marchog ar gefn pob ceffyl a chlymu'r rhaffau yng nghyfrwyau'r meirch anferth.

Cwympodd dau o'r Ffrancwyr ar eu gliniau a dal eu dwylo at ei gilydd mewn gweddi. Daeth y floedd gan y sarsiant a llamodd y tri march ymlaen nes bod y tri dihiryn yn saethu i fyny a'u coesau'n cicio'r awyr. Wedi eu tagu felly, nid oedd fawr o sŵn ond roeddent yn troi ac yn dal i gicio. Llonyddodd un, ond daliai dau i symud nes i'r sarsiant alw marchog arall ymlaen a gorchymyn rhywbeth. Y peth nesaf, roedd y marchog wedi estyn i fyny, a chan afael yn nhraed un ac wedyn y llall, rhoddodd blwc sydyn nerthol i'w coesau. O'r diwedd roedd y Ffrancwyr yn llonydd.

Roeddwn yn hir cyn cysgu'r noson honno. Gwrandewais ar anadl cyson Lleucu wrth fy ochr ac ar glecian y tân gerllaw. Roeddwn yn falch na welodd hi ddim o'r hyn ddigwyddodd. Hwnna'n bendant fydd y crogi cyntaf a'r olaf yn fy hanes i.

ATHERSTONE
Dydd Sadwrn, 20 Awst

Mi welais ddwy gaseg wen heddiw'r bora; eu pennau – nid eu cefnau – oedd tuag ataf, ac felly mi wyddwn ym mêr fy esgyrn bod heddiw'n debyg o fod yn hollol dyngedfennol yn ein hanes. Sôn am fod pethau yn y fantol – wel, dyma ni! Does gennym ni ond rhyw ddwyawr dda o fartsio ac mi fyddwn, yn ôl y sôn, yn cael ein cyfarfod holl bwysig efo'r brodyr Stanley.

Mewn lle o'r enw Atherstone y bydd hynny. Dwi'n cael trafferth efo'r enwau dieithr yma, ond Rhys ap Maredudd sy'n rhoi'r newyddion inni. Mae o a Syr Wiliam Brandon wedi closio'n arw at ei gilydd ac mae Syr Wiliam yn ceisio rhannu hynny a ŵyr yntau gan fod ganddo bellach ffydd yn Rhys ap Maredudd. Bydd y ddau ochr yn ochr â'i gilydd yn y frwydr yn ddigon buan, ac felly maen nhw am gefnogi ei gilydd hyd y gallant. Tybed a fydd ci mawr Brandon hefo ni yn y frwydr? Dwi'n deall mai Samson ydi'i enw o. Roedd hwnnw'n gawr o ddyn fel ag y mae hwn yn gawr o gi.

Dwi'n gwybod erbyn hyn mai Harri Tudur, neu gynghorwyr Harri, sydd wedi cynllunio'r faner rydym yn ei chario. Dim ond gwyrdd a gwyn oedd baner y Cymry pan oedd saethyddwyr Gwent yn ymladd i'r Brenin Harri V yn Ffrainc gynt. Gwyrdd a gwyn ydi lliwiau'r cennin Cymreig. Dyna a wisgent yn eu capiau i ddangos pwy oeddynt, efo'r bôn gwyn a'r coesau gwyrdd tywyll yn tyfu ohono, ond bod Harri wedi cael y syniad o ychwanegu Draig Goch yr hen frenin Cadwaladr ar ben ac ar ganol y ddau liw gwreiddiol. Dweud yr oedd o ei fod yn uno pawb drwy'r deyrnas.

Heddiw, mae Rhys ap Maredudd yn cario'r Ddraig Goch eto ac rydym yn teithio'n hamddenol i gyfeiriad Atherstone. Faint bynnag o ryfeddodau a phrofiadau newydd a gawsom ers gadael Penmynydd, mi wn bod rhagor i ddod, a rhai ohonynt yn erchyll. Rydw i'n dechrau difaru bod Lleucu hefo ni o gwbl. Dwi'n ei charu hi'n fwy nag erioed, ac yn falch iawn o'i chwmni, ond byddai'n well petai wedi aros ym Mhlas Penmynydd, er ei mwyn hi.

Oni bai ein bod ni wedi cael ein dewis i farchogaeth efo'r ieirll, dwi'n siŵr y byddai f'esgidiau yn dipiau mân erbyn hyn. Wnaeth neb ohonom feddwl y byddai angen pâr arall arnon ni, ond hyd yn hyn roedden nhw'n dal yn weddol gyfan.

Roeddwn i wedi sylweddoli nad oedd ein taith wedi mynd â ni yn agos at ryw lawer o gestyll. Yn yr Amwythig, do, ond ers hynny, naddo. Oedd hynny'n fwriadol ai peidio, wyddwn i ddim, ond yn sydyn wrth agosáu at Atherstone daeth ffrwydrad sydyn, ac yn dilyn y ffrwydrad, daeth sŵn math o chwibaniad.

'*Scatter, spread out!*' gorchmynnodd Brandon.

'Chwalwch! Lledwch allan!' gwaeddodd Rhys ap Maredudd.

Roedd yna ganon wedi tanio atom a'r belen garreg wedi sgrechian dros ein pennau.

'Faint o ddynion sydd 'na, tybed?' holodd Meistr.

'Does dim sôn am ail ergyd,' meddai Rhys ap Maredudd, 'felly mae'n rhaid nad oes 'na ryw lawer ohonyn nhw.'

Symudodd yr ieirll hanner can llath i un ochr a gwaeddwyd gorchmynion. Gwelais gryn ddwsin o farchogion yn symud ymlaen gan ledu allan yn eang mewn llinell i chwilio. Doedd bosib bod y brodyr Stanley wedi troi arnom? Yna gwelsom y marchog oedd bellaf i'r chwith yn chwifio'i fraich a phwyntio. O, na! Beth petai hwn wedi gweld byddin y Brenin Rhisiart ei hun? Roedd fy nghalon yn curo fel gordd, ond sylwais fod y marchog yn dal i chwifio'i fraich ar y marchogion eraill ac yn eu hannog i garlamu tuag ato.

'Mae 'na dŷ go fawr draw acw,' meddai Meistr Owain ap Tudur. 'Nid castell fel y cyfryw – tebycach i dŷ amddiffynnol.'

Ac oddi yno y gwelsom fwg yn codi. Daeth ffrwydrad arall, a chlec aruthrol yn ein hymyl, yn agos iawn at yr ieirll yn eu gwisgoedd lliwgar. Un o wagenni stôr Harri Tudur oedd yn cario'i babell a pheth o'i eiddo dderbyniodd yr ergyd, a thorrodd ochrau'r wagen yn dipiau.

'Mae 'na rywun yn gwneud ei orau glas i ladd Harri Tudur!' ebychodd Rhys ap Maredudd.

Erbyn hyn roedd y marchogion bron â chyrraedd y tŷ amddiffynnol, a'u gwaywffyn wedi'u hestyn allan o'u blaenau. Yna gwelem griw o ddynion yn ymddangos o'r tu cefn i'r tŷ caerog – rhai ar droed, a thri neu bedwar ar geffylau. Roedd y marchogion ar eu gwarthaf. Buan y daliwyd y rhai a redai; plannwyd blaenau creulon y gwaywffyn yn eu cefnau'n ddi-lol, a hwythau'n syrthio i'r ddaear. Daliwyd dau o'r lleill yn yr un modd a'u trywanu'n ddidrugaredd yn eu meingefn. Dau yn unig lwyddodd i ddianc dros y codiad tir o'u blaenau a diflannu i dir uwch tua'r de.

'Dyna inni ddau geffyl sbâr digon buddiol,' meddai Rhys ap Maredudd.

Daeth ein marchogion yn eu holau. Yn ôl eu hadroddiad, roedd y tŷ yn wag a phopeth o werth naill ai wedi ei symud neu ei guddio. Penderfynwyd nad oedd amser i ollwng y canon i lawr y muriau a gwneud defnydd ohono, felly anfonwyd dynion yn ôl at y tŷ caerog i niweidio'r gwn.

'Ei sbeicio wnân nhw,' eglurodd Rhys ap Maredudd. 'Difrodi'r twll bychan yn rhan ôl y gwn er mwyn ei wneud yn rhy beryglus i'w danio eto.'

Ar ôl y cyffro fuon ni fawr o dro yn cyrraedd cyrion Atherstone, a chodwyd y gwersyll yn gynnar. Anfonwyd ambell farchog i sgowtio i'r gogledd o'r safle. Roeddem wedi bwyta pan ddychwelodd un o'r marchogion efo'i newyddion da. Haleliwia! Roedd y ddau Stanley wedi gwersylla ddwy filltir i ffwrdd oddi wrthym, yn Fenny Drayton.

Ymhen fawr o dro roedd ein gosgordd yn barod, ac ymlaen â ni gan warchod Jasper a Harri. Mae'r ddau yma fel un, a rhaid bod parch mawr gan Harri tuag at ei ewythr a fu'n ei arwain a'i gynnal er pan oedd yn blentyn. Roedd Rhys ap Meredudd wedi esbonio i mi pam bod Harri Tudur yn medru siarad Cymraeg. Cawsai Harri ei gadw'n hanner carcharor gan yr Iorciaid am flynyddoedd pan oedd yn hogyn, yng nghastell Rhaglan yn Sir Fynwy, cartref yr Iarll Herbert. Llys Cymraeg oedd llys Herbert. Roedd yr hen iarll bron yn uniaith Gymraeg fel finnau, yn ôl y sôn, ac yn noddwr beirdd ac ati, felly buasai Harri wedi bod yn ymdroi ymysg holl Gymry Cymraeg y llys hwnnw. Hyd yn oed pan oedd yn hogyn bach, Cymraes lân loyw oedd ei nyrs yn Sir Benfro a lleoedd eraill. Magwraeth mwy Seisnig a gafodd ei dad a'i ewythr Jasper.

Ta waeth am hynny, roedden ni wedi darganfod gwersyll anferth ar lethr coediog. Os oedd y rhain o'n plaid, byddai gennym siawns, o leiaf, o ennill y dydd. Cyfarchwyd yr ieirll gan y ddau frawd Stanley a diflannu fu eu hanes unwaith yn rhagor, i'r un babell ag a welais ger Stafford. Hir fu'r cwnsela.

Rhoddodd yr ysbaid hir o aros gyfle i Rhys ap Maredudd dynnu sgwrs â rhai o swyddogion Cymraeg Wiliam Stanley o Lannau Dyfrdwy. Wrth gwrs, chafodd o ddim gwybod a fyddai'r fyddin hon ar ein hochr ni ai peidio, ond fe gafodd beth o hanes y Brenin Rhisiart.

'Mae'r baedd wedi cyrraedd Caerlŷr ddoe, meddan nhw,' adroddodd Rhys ap Maredudd. 'O gastell Nottingham y daeth o, ac mae dwy fyddin wedi ymuno â'i fyddin o, un o Lundain dan arweiniad Sir Robert Brackenbury, a'r llall o'r dwyrain dan Ddug Norfolk. Mae'r sgowtiaid yn amcangyfrif tuag wyth mil i gyd. Tipyn mwy na ni a'r ddau Stanley hefo'n gilydd, a gwaetha'r modd mae disgwyl i Ddug Northumberland gyrraedd unrhyw adeg efo byddin arall o'r gogledd pell.'

Wedi inni godi'n calonnau gryn dipyn wrth feddwl bod y fyddin hon a guddiai yn Fenny Drayton o'n plaid, dyma ni'n llawn amheuon eto. Daeth neges gan Wiliam Brandon fod yr osgordd i ddychwelyd i'n gwersyll heb yr ieirll! Roedd o am aros i'w hebrwng yn ein lle.

'Peth rhyfedd … rhyfedd ofnadwy,' oedd sylw Rhys ap Maredudd wrth inni droi yn ein holau am Atherstone. 'Fedra i ddim dirnad pam. Gwiriondeb o'r mwyaf, ddwedwn i, ond mae'n rhaid bod Harri Tudur yn ymddiried yn y brodyr.'

Roedd yn tywyllu erbyn inni gyrraedd yn ein holau wedi'r daith o ddwy filltir drwy'r coed. Aros ar ein traed wnaethon ni, gan fod pawb yn rhy bryderus i fynd i orwedd. Aeth dwy awr heibio a dim sôn am Harri Tudur.

'Well inni fynd i chwilio,' cynigiodd Meistr Owain ap Tudur. 'Efallai eu bod wedi mynd ar goll a hithau wedi nosi.'

Sôn am bryderu! Heb Harri Tudur waeth inni wasgaru a gwneud ein ffordd 'nôl i Gymru ddim, a hynny'n sydyn, rhag i'r brenin ddod i chwilio amdanom. Doedd Caerlŷr ddim yn bell o gwbl.

Penderfynwyd gyrru chwe marchog o'r osgordd yn eu holau i chwilio am ein harweinydd.

Roedd Lleucu wedi dechrau snwffian crio. Peth anghyffredin iawn iddi hi, ond roedd pawb yn teimlo'r tyndra, a phawb wedi siomi ein bod efallai wedi cael caff wag ac y byddai popeth yn ofer.

Aeth awr gyfan a hir arall heibio, a Rhys ap Maredudd yn ystyried gyrru mwy o ddynion allan i'r tywyllwch i chwilio. Roeddwn i ac amryw o rai eraill wedi tynnu'n bwâu allan rhag ofn y byddai'n rhaid inni amddiffyn ein hunain, pan glywyd sŵn ceffylau'n agosáu.

Rhyddhad o'r mwyaf oedd gweld ein marchogion yn dynesu,

a Wiliam Brandon a'r ddau iarll hefo nhw. Chawsom ni ddim gair o eglurhad – ac mae'n ddirgelwch i mi hyd heddiw ble bu Harri Tudur mor hir, ond o leiaf roedd o'n ddiogel ac fe gawsom hanner noson o gwsg. Duw a ŵyr beth fydd y datblygiadau fory. Un peth sy'n sicr, rydym ar fin mynd i frwydr fawr iawn – ond dyna pam rydym yma yn y lle cyntaf, wrth gwrs.

BRYN AMBION
Dydd Sul, 21 Awst

'Go brin y bydd 'na frwydro agored heddiw, a hithau'n ddydd yr Arglwydd,' meddai Rhys ap Maredudd, 'ond rydan ni i glosio at lle bydd maes y gad, yn barod ar gyfer fory. Dim ond rhyw chwe neu saith milltir heddiw.'

'Mor agos â hynny!' meddai Lleucu gan grynu.

''Sgwn i ai mynd i sbecian ar y lle a wnaeth Harri a'r brodyr Stanley neithiwr yn y gwyll?' myfyriodd Meistr.

'Mae'n bosibl. Efallai eu bod wedi dewis ymhle a sut y byddwn ni'n sefyll, a'u bod wedi gweld y man y buasai'r Brenin yn debyg o'i ffafrio. Mae rhywbeth yn dweud wrtha i bod ganddyn nhw rhyw gynllwyn i ddrysu'r baedd,' atebodd Rhys ap Maredudd.

Mae yna beth wmbreth o ddynion yn chwydu y bore yma. Rhaid eu bod wedi bwyta cig drwg neu rywbeth. Fedrwn ni ddim fforddio colli ugeiniau fel hyn, mae hi'n rhy dynn arnon ni.

Gwelaf yr ychydig o ffisigwyr sydd gyda ni yn cerdded ymhlith y dynion gan rannu diod llysiau i geisio eu helpu. Rydan ni'n ffodus ein bod wedi cael bwyd da yn sgil yr ieirll, a chwrw yn lle dŵr. Mae'n syndod sut mae afon fach yn troi'n ofnadwy o fudr pan mae miloedd o ddynion a'r holl geffylau a'r bustych yn mynd iddi i yfed ac ar yr un pryd yn ei defnyddio fel ceuffos.

Cyn inni ddechrau symud mae Lleucu yn gwneud i Nhad a minnau newid ein dillad am y tro cyntaf ers inni adael cartra.

'Dwn i ddim a oes 'na wirionedd yn y stori,' meddai hi, 'ond mi glywais i rai'n dweud ym Mhenmynydd bod dyn yn gwella'n gynt mewn dillad glân os caiff o anaf neu haint. Coel gwrach efallai, ond gwell inni wneud.'

'Coel gwrach,' atebais innau, 'ond mae'n werth rhoi cynnig arni.' Ac aeth Nhad a minnau ati i ufuddhau i Lleucu.

Heddiw mae yna fwy o drafferth ynglŷn â'r drefn rydan ni'n teithio ynddi. Unwaith yn rhagor, ni'r osgordd efo'r ddau iarll sydd ar y blaen, ar wahân i nifer o sgowtiaid sydd allan yn gwylio a chasglu gwybodaeth. Y tu ôl i ni, mae ymhell dros fil o wŷr Syr John Savage – yn gymysgedd o bicellwyr o Saeson a saethyddion gogledd Cymru – dan arweiniad Wiliam ap Gruffudd, y Penrhyn. Tu hwnt i'r rheini wedyn mae'r batel fwyaf sydd gennym – cymysgedd o Ffrancwyr a Chymry Dyffryn Clwyd, dan arweiniad Iarll Rhydychen. Yn olaf, dan arweiniad Syr Gilbert Talbot, mae rhagor o Saeson a holl wŷr De Cymru a ddaeth atom drwy ddwylo Rhys ap Tomos a Syr Wiliam Herbert. Mae gan bob un o'r tair 'batel' saethyddion, picellwyr a gwŷr meirch.

Piti ein bod yn gadael cymaint o ddynion sâl ar ein holau. Gobeithio y bydd rhai ohonyn nhw'n gallu ymuno efo ni eto erbyn bore fory.

'Ai hap a ffawd sy'n penderfynu ymhle bydd brwydrau'n cael eu hymladd?' holais Nhad wrth inni gadw i'r chwith, ond ar y blaen i'r colofnau hir oedd yn ein dilyn tua'r gogledd ddwyrain.

'Weithiau,' atebodd Nhad, 'ond gan amlaf mae byddin yn ceisio dewis y lle gorau. Codiad tir sydd orau fel rheol, ond mae afon neu gors neu goedlan weithiau'n well na thir uwch. Os wyt ti'n uchel mae pawb yn dy weld ti, wrth gwrs …'

'Ydan ni'n debyg o weld yr union le heddiw?' gofynnais wedyn.

'Mae'n debyg y gwnawn ni, neu'r rhan fwyaf ohonom beth

bynnag. Mi ddywedodd Rhys ap Maredudd iddo weld Savage a Gilbert a Rhydychen yn trafod efo Harri Tudur ben bora, a Rhydychen yn gwneud marciau ar bapur a phawb yn edrych arno.'

Daethom heibio i Fenny Drayton, lle buon ni neithiwr, ond doedd dim sôn am filwyr y brodyr Stanley. Rhaid eu bod wedi symud o'n blaenau. Efallai eu bod wedi codi cyn y wawr a mynd i guddio yn rhywle. Roedd yna olion bod llawer wedi croesi ein llwybr o'r chwith i'r dde. Gwelwn y borfa wedi'i sathru a'i chrafu, ac olion tail ceffyl ffres ar y llinell honno. A oedd holl ddynion y brodyr wedi croesi, tybed, neu dim ond rhai ohonynt? Amser a ddengys.

Does yna ddim pentrefi ar ein llwybr heddiw ar ôl inni adael Fenny Drayton, dim ond ambell dŷ fferm neu fwthyn, a chaeau a choedwigoedd bychain.

Daw gorchymyn i'r osgordd sefyll ac am i'n hanner ni wisgo'n clogynnau dros ein dillad a gorchuddio'n harfau. Mae'r ieirll hefyd yn gwisgo clogynnau llwydaidd yr olwg – does dim crandrwydd nac arfau na baneri i fod yn y golwg. Beth yw ystyr hyn?

'Mae 'na ryw ystryw ar y gweill,' meddai Rhys ap Maredudd. 'Gawn ni weld yn ddigon buan mae'n siŵr.'

Symudwn ymlaen eto, heb y marchogion y tro hwn, dim ond y ddau iarll a ninnau'r saethyddion.

O'n blaenau mae cors eang yn ymestyn i'r dwyrain, a chan gadw'n glir ohoni awn tua'r gogledd ac i mewn i goedlan.

'The village of Shenton is before us beyond these trees,' eglurodd Brandon wrth Rhys ap Maredudd. *'We were here last night, but we want to see the ground to our right, over the stream and up to the hill. This is Ambion Hill, and we have good reason to believe that the Boar will stand there tomorrow morning. We shall be at the very end of that marsh. It will guard our right flank. We shall then receive their charge at the bottom*

of the hill.'

Eglurodd Rhys ap Maredudd y neges yn gyflym wrth inni adael y ceffylau yng nghanol y goedlan a sleifio'n dawel at erchwyn y coed.

Dros afon fechan codai'r tir ryw fymryn, ond roedd y ddaear bron yn wastad, ac yna codai bryn – Bryn Ambion. Gwyddem rŵan at ble y byddem yn saethu.

'Where will the Stanleys be standing?' mentrodd Rhys ap Maredudd holi.

'The Stanleys? … Never mind, my friend,' atebodd Brandon.

Dyna'r cyfan y cawsom wybod ac yna'n ôl â ni yn llechwraidd at ein ceffylau. Os sylwyd arnom o gwbl, yna go brin i neb o'r gelyn dybio fod Harri Tudur wedi archwilio maes y frwydr a'i fod yn gwybod i'r dim ymhle i osod ei fyddin. Wedi'n siarsio i beidio dweud gair wrth neb, aethom i gysgu, ond mae gennym wylwyr allan o'n cwmpas yn y tywyllwch. Rhag ofn.

MAES BOSWORTH
Bore Dydd Llun, 22 Awst

Cawsom beth glaw yn ystod y nos, ond mae'n sychu y bore yma ac mae'r cyffro'n cynyddu. Gwawriodd rhyw awr yn ôl ac rydym wedi cael cyfle i fwyta ac yfed, er nad oedd fawr o awydd bwyd arnaf fore heddiw. Mae fy stumog yn un cwlwm tynn, ac wn i ddim ai ofn ynteu cyffro sy'n gyfrifol am hynny.

Doedd Lleucu ddim hefo ni neithiwr, ac felly dwi wedi dweud wrthi hynny a wn o ran sut le sydd filltir i'r gogledd. Rydan ni wedi gwisgo'n harfau'n barod. Dwi'n gwisgo'r helm fetal gron ar fy mhen, fy siaced ledr drwchus, a'm menig lledr, ac wrth gwrs dwi wedi rhoi un o'r llinynnau ar y bwa ac mae gen i lond gwain o saethau da. Mae Lleucu'n mynnu na fydd hi'n aros gyda'r fintai o ferched sy'n dilyn yn y cefndir, a hithau wedi bod wrth ein hochr gyhyd. Mae hi'n rhyfeddol o benderfynol ac yn ferch unigryw. Rhoddodd Rhys Fawr gleddyf cwta iddi – tydi o fawr mwy na dagr mewn gwirionedd – ond os ydi hi am fod yn ein canol, yna mae'n rhaid iddi gael rhyw fath o arf. Mi edrychaf i a Nhad a Meistr ar ei hôl hyd eithaf ein gallu.

Felly dyma ni'n symud ymlaen i faes y gad. Rydym yn fintai ysblennydd efo pob baner liwgar wedi'i chodi ac mae rhywrai y tu ôl inni'n taro drymiau i guriad martsio.

Yng nghanol yr osgordd mae Harri Tudur yn drawiadol yn ei wisg arfog ariannaidd a'r Iarll Jasper mewn gwisg arfog ddu. Mae'n edrych yn fygythiol iawn. Does yr un o'r ddau'n cario gwaywffon drom marchog, ond mae ganddynt bob un gleddyf trwm a phelen tsiaen, sy'n erfyn hyll ond effeithiol. Gellir ei chwifio i roi ergyd farwol, neu ei glymu am lafn cleddyf a'i rwygo o ddwylo'r gwrthwynebydd.

Mae Rhys ap Maredudd wedi pwysleisio fod rhaid canolbwyntio ar amddiffyn Harri Tudur, oherwydd os clyw'r milwyr fod Harri wedi'i ladd maen nhw'n debygol iawn o roi'r ffidil yn y to, ildio'r dydd a rhedeg i ffwrdd.

Bu'r Iarll Richmwnd o gwmpas rhannau helaeth o'r fyddin ben bore. Fe'i cyhoeddwyd a'i gyflwyno nid fel Iarll Richmwnd ond eisoes fel 'Harri, trwy ras Duw, Brenin Lloegr a Ffrainc, Tywysog Cymru ac Arglwydd Iwerddon'.

Cafwyd bonllefau uchel, a gwnaeth yntau araith fer yn cyfeirio at y modd y treiddiodd trwy wlad werthfawr Cymru, a byddai concro hyd yn oed honno'n glod mawr. Ond petai'n medru ennill y frwydr hon, byddai holl diroedd cyfoethog Lloegr yn eiddo i ni, ac i ni y byddai'r clod. Galwodd am fendith Duw ar y fenter, ac meddai mewn Cymraeg cyhyrog, 'Y Ddraig Goch Ddyry Cychwyn'.

Bu mwy o floeddio uchel, ac roedd ein calonnau'n llawn a'n hyder yn uchel. Does dim gwahaniaeth ein bod yn gwneud sŵn ac yn dangos ein hunain heddiw. Gorau oll os dychrynwn ein gelynion.

Dim ond ychydig dros filltir sydd i fynd, ond mi gymerith amser i drefnu'r miloedd yn eu safleoedd cywir. Dacw'r gors hir yn dod i'r golwg yn syth o'n blaenau – byddwn yn troi i'r chwith wrth inni ei chyrraedd ac yn mynd islaw Bryn Ambion.

Sylwaf fod milwyr yno i'r dde o'r gors. Doedd neb yn disgwyl gweld rhan o fyddin y Brenin yn y fan honno. Nid fi yw'r unig un i sylwi.

'Pwy ydi'r fatel acw, Rhys ap Maredudd?' holodd Meistr yn bryderus. 'Oes 'na berygl inni gael ein hamgylchynu?'

'Aros imi gael gweld y faner, Owain,' atebodd Rhys ap Maredudd. 'Mi wela i rŵan. Ia, lliwiau Tomos Stanley ydyn nhw. Mi ddylai hynny fod yn ddiogel, ond wir, "batel" go fechan ydi honna, fawr dros fil o ddynion. Dylsai fod deirgwaith mwy o faint.'

'Beth sy'n digwydd?' meddai Meistr. 'Roeddwn i'n meddwl y byddai llawer mwy o ddynion gan yr Arglwydd Tomos Stanley na chan ei frawd, Syr Wiliam. Ble mae Wiliam Stanley, felly?'

'Does wybod, ond dydi hi ddim yn ymddangos bod ein hieirll ni'n cyffroi o gwbl ynglŷn â'r sefyllfa,' sylwodd Rhys Fawr.

Aeth Rhys ap Maredudd at Brandon i geisio cael eglurhad ar y sefyllfa, a chafwyd peth goleuni ar y mater wedi iddo ddychwelyd.

'Mae'n debyg bod mab yr Arglwydd Tomos Stanley yn garcharor i'r Brenin,' meddai Rhys ap Maredudd. 'Mae'n wystl er mwyn cadw milwyr yr Arglwydd ar ochor Rhisiart, ond y gobaith ydi y bydd ei frawd yn dal at ei air ac yn cefnogi Harri Tudur.'

'Ai dyna pam mae bron y cyfan o filwyr y brodyr Stanley gan Syr Wiliam?' holodd Owain ap Tudur.

'Wel, ia, efallai. Gobeithio hynny, beth bynnag. Ond ble ar y ddaear y mae o? Ydi o yma o gwbl, tybed?'

Daeth ein gosgordd o hanner cant neu fwy gyferbyn â'r bryn. Roedd batel fawr o saethyddion a marchogion yn ymgynnull ac yn ceisio dod i drefn ar lethr Bryn Ambion. Daliodd ein gosgordd i symud ymlaen hyd nes ein bod ychydig pellach draw nag erchwyn pellaf y bryn. Roedd hi'n anodd peidio â chadw llygad ar fyddin fawr y Brenin, oedd wrthi'n trefnu ei hun ar y llethr.

Ciledrychais ar fy nhad wrth fy ochr. 'Mi ddwedwn i bod saith i wyth mil o ddynion ar y bryn acw, Nhad.'

'Siŵr o fod, Rhys, ond edrych acw, edrych i'r chwith ac ychydig ymhellach yn ôl. Dacw filoedd ychwanegol. Rwy'n ofni ei bod ar ben arnom.'

'Na, na, Gwilym Gam,' meddai Rhys ap Maredudd yn gadarn a phendant. 'Pwy sydd i benderfynu? Nid y ni, na hwythau chwaith. Duw fydd yn rhoi'r ddedfryd. Fo sy'n trefnu popeth.'

Fedra i wneud dim ond syllu a rhyfeddu ac ofni. Mae Syr John Savage wedi dod â'i fatel yn agos iawn atom, ond mae yna fwlch o ryw ugain llath. Mae o wedi gosod ei saethyddion ar hyd y blaen ac wrthi'n trefnu'r picellwyr y tu ôl iddynt a'i farchogion yn y cefn. Mae yna fylchau cul bob hyn a hyn, rhag ofn y bydd angen i'r gwŷr meirch gael lle i ruthro ar y gelyn.

Am fy mod yn eistedd yn uchel ar gefn fy nghaseg, gallaf weld dros ben y mil a hanner o ddynion Savage a sylwi bod Iarll Rhydychen yn trefnu batel ganolog o tua dwy fil o Saeson a Ffrancwyr, eto yn yr un patrwm, efo saethyddion ar y blaen. Draw ymhell, dros ben y cyfan, gwelaf fod Cymry'r De efo rhai Saeson o dan Syr Gilbert Talbot a Rhys ap Tomos yn dod i'r maes.

Mae trefn dda ar fyddin y brenin erbyn hyn. Fydd hi ddim yn hir iawn rŵan cyn i'r ymladd ddechrau.

Daw rhyw gymaint o fonllefau o ben Bryn Ambion a llawer o chwifio capiau. Yna – ac mae'n amlwg pwy ydi o – daw'r Brenin ei hun i'r maes yn lifrai coch a glas Lloegr gyda'r llewod aur a'r un lliwiau ar glamp o faner uwch ei ben.

Mae ei stondard personol yno hefyd, ar yr ochr – baedd du Iorc. Mae'r hisian o'n hochr ni bron cyn gryfed â'r tipyn gweiddi i fyny acw. Mae'r brenin yn amlwg wrthi'n areithio i'w fyddin.

Dwi'n troi fy mhen i edrych ar Syr Wiliam Brandon yn dal y Ddraig Goch yn uchel, a theimlaf mor falch nes methu atal rhyw ddeigryn rhag llithro i lawr fy moch. Thâl hyn ddim. Milwr ydw i heddiw.

Wrth imi edrych i'r ochr fel yna, mae fy nghalon yn rhoi llam. Heb stŵr o gwbwl mae yna fyddin yn dod i lawr yr ychydig lethr o'r gogledd i gyfeiriad y ffrwd sy'n rhedeg tuag atom o'r dwyrain. Am foment dwi'n fud. Pwy ydi'r rhain? Rhoddaf floedd yn sydyn a phwyntio, gan sefyll yn y ddwy warthol.

''R Asgwrn Dafydd Frenin!' gwaeddodd Rhys ap Maredudd. 'Syr Wiliam Stanley ydi o! Mi wela i'r ceirw ar ei stondard!'

'Dyna pam roedd cyn lleied o filwyr gan ei frawd draw dros y gors, felly. Mae'r rhan fwyaf ohonyn nhw gan Syr Wiliam. Diolch i'r nefoedd!' llefodd Owain ap Tudur, yn wên o glust i glust.

'Mae o'n sefyll,' meddai Rhys ap Maredudd. 'Dydi o ddim yn ymuno â'r naill ochr na'r llall! Beth yw ei fwriad? Oes ganddo fo a Harri gytundeb neu beidio?'

A dyna'r cwestiwn sydd ym meddyliau pawb. Edrychaf i gyfeiriad Harri Tudur. Mae o a Jasper yn sgwrsio. Tydi'r naill na'r llall ddim yn cyffroi, hyd y gwelaf i. Dylai hynny fod yn arwydd da efallai. Does neb ond y nhw ill dau'n gwybod.

MAES BOSWORTH
Hanner Dydd

Mae popeth yn barod. Pawb yn eu lle. Pobman yn gwbl dawel.
Yn y llonyddwch, gallaf glywed fy nghalon yn curo. Ni feiddiaf
edrych ar Nhad wrth fy ochr nac ar Lleucu y tu ôl i mi – does
wybod beth a welaf yn eu llygaid. O rywle, daw geiriau
gweddi'r Brawd o Abaty Ystrad Marchell i'm meddwl: *'Ave
Maria, gratia plena, Dominus tecum. Benedicta es tu in
mulieribus ...'* Rwy'n eu hailadrodd, drosodd a throsodd, er
mwyn ceisio llonyddu'r curo gwyllt yma yn fy mrest.

O'r diwedd, daw bloedd o gyfeiriad Iarll Rhydychen yn ein
batel ganol i dorri ar y tawelwch llethol. Mae ei saethyddion yn
camu ymlaen, eu saethau wedi'u llwytho. Bloedd arall, ac
mae'r bwâu hirion yn codi fel un gŵr, cannoedd ohonynt, ac
mae'r saethau fel cawod ddu o adar ysglyfaethus yn hedfan at y
gelyn ar y bryn ac yn syrthio arnynt fel petai i'w llarpio.
Gwelaf bod llawer o filwyr Dug Norfolk wedi dal tariannau
bychain uwch eu pennau, ond mae'r gweiddi a'r sgrechiadau'n
dweud eu stori.

Eiliadau'n unig aiff heibio cyn i storm arall o saethau hedfan
i fyny'r bryn, a honno bron iawn mor unol â'r gawod gyntaf.
Gwelaf fylchau erbyn hyn yn rhengoedd Norfolk, ond dydyn
nhw ddim yn ergydio'n ôl, dim ond dal eu tariannau i fyny.
Fedran nhw ddim saethu a pharhau i amddiffyn eu hunain.

Yn lle hynny daw sŵn gweiddi, ac mae gwŷr Norfolk yn
dechrau rhedeg i lawr y llethr tuag at ddynion Rhydychen. Am
y trydydd tro mae'r Ffrancwyr sydd gennym yn gollwng haid o

saethau eto, yn is y tro hwn ac yn syth i'w brestiau. Mae'r gelynion yn syrthio, ugeiniau ohonynt. Yna, mae ein Ffrancwyr yn rhedeg drwy'r picellwyr y tu cefn iddynt ac mae'r wal o bicellau'n dod i lawr a'r blaenau dur yn derbyn hyrddiad y gelyn. Wel am ffolineb ar ran y Saeson! Rydw i, hyd yn oed, yn gweld hynny, er gwaethaf fy niffyg profiad.

Gwelaf rywfaint o'r symudiad y buon ni'n ei ymarfer ar ein taith o Gymru yn cael ei weithredu hwnt ac yma, sef ildio i'r gelyn ac wedyn ei amgylchynu. Mae llawer o sŵn yn dod o'r gyflafan hyll, ac yna gwelwn y Saeson yn rhedeg tuag at yn ôl. Mae dynion Rhydychen yn sefyll yn gadarn. Mae yna ddisgyblaeth dda yma.

'Mae Norfolk wedi aberthu rhai cannoedd yn barod,' meddai Rhys ap Maredudd. 'Mi ddywedwn i mai arbrofi oedd o, i weld faint o allu a threfn sydd gennym ni.'

'Wel, mae'n gwybod bellach,' ategodd Owain ap Tudur.

Mae pobman yn llonydd eto am sbel. Mae'r Saeson wedi dychwelyd i ben y bryn gan adael pentwr o gyrff ar eu holau ac maen nhw'n clirio mwy o'r rhai a gollwyd ar y dechrau'n deg – yn feirwon a rhai wedi'u clwyfo.

Wela i ddim ond dyrnaid o wŷr Rhydychen yn cael eu cludo i'r cefn. Daw rhai o'r merched o rywle a helpu'r rhai clwyfedig i ymadael.

Ymhen ychydig mae gweddill saethyddion Norfolk ar ben y bryn yn ymrannu'n dair carfan, a gwelwn fwy ar eu picellwyr o'r herwydd. Dechreua'r gelyn saethu at ein tair batel ni dan ofal Gilbert, Rhydychen a Savage, a daw amryw o'r saethau'n agos at ein gosgordd. Tybed pam na ddaw picellwyr Norfolk ymlaen a rhuthro arnom efo cefnogaeth y gwŷr meirch? Maen nhw'n fwy niferus na ni o lawer. A pham mae milwyr y Dug Northumberland yn dal i sefyll ymhell draw acw ar y chwith? Mae disgwyl iddo gefnogi'r Brenin Rhisiart.

O'r diwedd mae picellwyr Norfolk yn dod ymlaen ac yn

rhuthro i lawr y llethr, ond does dim o'r gwŷr meirch i'w cefnogi. Dyma ni … mae hyn yn beryglus. Clywn wrthdaro metal ar fetal, a bloeddiadau uchel wrth i bicellwyr y ddwy ochr ymladd yn ffyrnig. Diolch byth, nid yw'n ymddangos fel pe bai dynion Rhydychen yn ildio dim; yn wir mae'n gyrru rhai gwŷr meirch o gwmpas yr ochrau i ymosod ar y gelyn o'r cefn. Mae'r sgrechiadau erchyll yn fyddarol.

Rhaid bod arwydd wedi ei roi rhwng Gilbert ar y dde a Savage ar y chwith, achos mae'r ddwy fatel yn symud ymlaen rhyw ugain llath. Wrth iddynt wneud hyn mae sawl canon yn dechrau tanio o'r ochr dde, uwchben y gors. Mae'r amseriad yn berffaith – mae'r symudiad wedi drysu llawer ar y gynnau achos roedd y pelenni'n chwyrlïo ymhell yn ôl i'r cefn, a doedd gorfod tanio at i lawr ddim yn fantais. Mae'n amlwg nad oeddent yn medru gostwng y canon ddigon. Diolch i'r nefoedd am hynny. Dal i danio a wnaethant am yn hir eto ond heb lawer o effaith. Wn i ddim ble oedd ein gynnau ni. Efallai bod ffrwydrad y gwn hwnnw ddyddiau'n ôl wedi dychryn a gwangalonni ein saethwyr ni.

O'r diwedd, arweiniodd Norfolk ei hun ragor o bicellwyr, a rhan go fawr o'i wŷr meirch, i lawr o'r bryn ac ymosod arnom.

Roedden ni'n dechrau colli mwy o ddynion ac roedd angen picellwyr Gilbert a Savage rŵan i roi cymorth i'r fatel yn y canol a oedd wedi cymryd gymaint o'r pwysau. Yr aflwydd oedd, os oedden ni'n mynd i golli dyn am ddyn, fel roedd yn dechrau ymddangos bellach, yna cael ein curo fyddai'n ffawd gan fod gan y gelyn lawer mwy o ddynion. Fe fyddai hanner eu byddin yn dal ar eu traed, a ninnau heb ddim.

Gallem ddiolch i'r Hollalluog bod Northumberland yn sefyll yn ei unfan draw acw, heb roi cymorth i'r Brenin. A oedd arno ofn Syr Wiliam Stanley a safai yr ochaf uchaf i'r ffrwd acw? Mewn gwirionedd, petai Northumberland yn dod yn ei flaen roedd Stanley mewn sefyllfa berffaith i'w daro wysg ei ochr, ond fe allai ein taro ninnau yn yr un modd o ran hynny.

Dalient i ymladd ar gwr isaf Bryn Ambion, a gallem weld y Brenin yn glir. Roedd yn trotian yn anniddig ar ei geffyl yn ôl a blaen o flaen ei farchogion ar y copa. Nid oedd yn fodlon ar y sefyllfa efo'n milwyr ni yn dal i gwffio'n erbyn y goreuon oedd gan Norfolk i'w cynnig.

O ganol y gyflafan, rhwng picellwyr y ddwy ochr, dyma waedd llawer iawn uwch na'r cyffredin yn codi. Doedden ni ddim yn gwybod nac yn sylweddoli ar y pryd beth yn hollol oedd wedi digwydd. Y rheswm, mae'n debyg, am y gweiddi arbennig hwnnw oedd bod Dug Norfolk wedi'i ladd. Ni fyddai ei holl wŷr yn deall hynny am amser chwaith, felly dalient i frwydro mor ffyrnig ag erioed.

'Pam yn enw popeth na symudith Stanley? Rydyn ni wedi dioddef colledion sylweddol,' oedd sylw pryderus Rhys ap Maredudd. 'Mae hyn yn annioddefol!' Roedd yn cerdded ei geffyl yn ôl a blaen yn ei rwystredigaeth.

'Mae Jasper yn galw Brandon ato efo'n baner ni,' meddai Nhad. 'Beth nesaf, tybed? Ydyn nhw am ddianc?'

'Efallai mai dyna pam rydan ni allan yma ar ein pen ein hunain. Gosgordd chwim i ddiflannu i'r gorllewin tra mae pawb arall yn ymladd yn ffyrnig,' oedd sylw Owain ap Tudur.

'Wel, dydw i ddim wedi dŵad mor bell â hyn er mwyn rhedeg oddi yma,' atebodd Rhys Fawr yn gadarn.

'Mae'n rhaid inni lynu wrth y Ddraig Goch, beth bynnag ddigwyddith,' ychwanegodd Meistr.

'Bydd. Aros! Mae Brandon yn galw arnom i ddilyn yn glòs.'

Ar y gair symudodd yr ieirll ymlaen. O na! Cachgwn ydan ni! Rydan ni'n gadael y frwydr! Plygais fy mhen mewn cywilydd a rhwystredigaeth wrth sylweddoli fod yn rhaid ufuddhau.

Ond nage, nid at yn ôl rydan ni'n mynd ond ymlaen i'r chwith a thua'r gogledd. Ydi Harri'n symud at Wiliam Stanley a'i fyddin am loches? Rydym yn dechrau agosáu at y ffrwd sy'n llifo tuag atom o gyfeiriad milwyr Stanley.

Yn sydyn, mae un o'n plith yn rhoi bloedd ac yn pwyntio i'r dde. Mae bron i gant o farchogion yn carlamu i lawr llethr gogleddol Bryn Ambion ac yn anelu amdanom. Ydyn nhw eisiau dŵad rhyngom a Wiliam Stanley tybed? Ond na, anelu'n syth atom ni y maen nhw – ac ar y blaen, ar geffyl mawr gwyn, mae'r brenin ei hun! Mae Rhisiart III eisiau lladd Harri Tudur â'i law ei hun. Byddai hynny'n ddiwedd ar y cyfan, ac yn rhoi terfyn ar ein hymdrech ni o Gymru bell a'i antur yntau bob cam o Ffrainc.

'*Bowmen, try a salvo,*' gorchmynnodd Brandon.

Gwelais beth oedd y saethyddion eraill yn ei wneud a rhoddais saeth ar fy mwa. Deg o saethau'n chwyrlïo tuag at y marchogion cyflym, a thynnwyd dau i lawr. Rydym yn saethyddion medrus, ac mae yna amser am ddau neu dri ymgais arall cyn y byddant ar ein pennau.

Rydym wedi sefyll yn llonydd rŵan i'w hwynebu, ac mae'n haws saethu – ond nid mor hawdd â phan rydym yn gadarn ar ein traed. Tri ohonyn nhw i lawr y tro hwn. Tri eto y tro nesaf, a phedwar y tro olaf. Rŵan amdani. Sylwaf nad gwaywffyn sydd ganddyn nhw ond cleddyfau, a diolch am hynny.

'*Forward, together advance!*' gwaeddodd Brandon, yn ein harwain efo'r faner i herio'r ymosodiad. Rwy'n gwybod nad oes wiw i ni aros yn ein hunfan neu buasent yn ein taro i'r ddaear yn hawdd. Rhaid inni symud – petai ond i ddangos iddyn nhw nad oes ofn arnon ni. Yng nghanol y rhuthr gwyllt, clywaf y geiriau: '*For England and Saint George!*'

'Cymru am byth, y diawliaid!' rhuodd Rhys ap Maredudd wrth ochr Wiliam Brandon, ac yng nghanol y gweiddi gorffwyll clywaf y ci mawr yn rhoi anferth o gyfarthiad.

Mae dau o'r marchogion wedi goddiweddyd y Brenin, a diolch byth mae'r garfan wedi lledu allan fwy neu lai yn un llinell. Petaent wedi ymbwyllo a dod arnom mewn rheng byddai wedi darfod amdanom, ond mae'r Brenin yn ei wylltineb wedi taflu un o'i fanteision i'r gwynt.

Daw clec y ddau neu dri hyrddiad cyntaf i'n clyw, ac mae ein marchogion profiadol yn torri'r tri cyntaf i lawr, eu ceffylau'n carlamu i ffwrdd, ond mae un ar ei draed nes i un o saethau fy nhad fynd drwyddo ef a'i arfwisg. Mae rhai o'n saethyddion wedi neidio oddi ar eu merlod a sylwaf arnynt yn trywanu o dan helmau'r ddau arall ac i mewn i'w gyddfau. Mae Nhad wrth fy ochr, yn anelu ei saethau'n gelfydd a chyflym, ac yn fy annog innau i wneud yr un fath.

Mae'r Brenin yn ei gwneud hi'n syth am Brandon a'i Ddraig Goch, ac mae eu cleddyfau'n clecian yn erbyn ei gilydd. Mae dau arall yn gwneud eu ffordd at y ddau iarll, a gwelaf Harri yn atal un cleddyf â'i darian ac yn taro'r marchog yn ei feingefn wrth iddo droi heibio. Mae'n amlwg, ar waethaf ei oedran, bod ewythr Harri wedi trin cleddyf llawer tro o'r blaen. Gall daro'n drwm, ac mae ei wrthwynebydd yn syrthio wysg ei gefn i'r ddaear a dau o'n saethyddion yn disgyn arno hefo'u cyllyll i roi diwedd arno.

Mae Brandon yn cael y gwaethaf ohoni wrth ymladd y Brenin. Ceisia ddal y faner yn uchel efo'i law chwith. Does ganddo ddim tarian i'w arbed ei hun, ac mae Rhisiart yn ei drywanu o dan ei asennau. Syrthia'r Ddraig Goch i'r llawr; mae Brandon yn pwyso dros ei gyfrwy a'r brenin yn ei daro fel bollten ar ei wegil diamddiffyn. Gwyliaf yn syfrdan wrth i Syr Wiliam Brandon syrthio'n farw i'r ddaear.

Daw bloedd annaearol oddi wrth Rhys Fawr y Foelas wrth iddo ladd marchog arall. Dwi'n anelu saeth at ŵr march sy'n agosáu. Mae'r saeth yn taro'i geffyl, a hwnnw druan yn mynd i lawr ar ei draed blaen gan beri i'r marchog hedfan drwy'r awyr.

'Pick it up, man! Give me the standard!' rhua Rhys ap Maredudd, gan gipio'r faner oddi ar y dyn bwa. *'And kill him!'* bloeddia gan ddynodi un o farchogion y brenin sydd ar lawr. Ond doedd dim angen iddo'i ladd – mae Samson wedi rhwygo'i wddf ac yn sefyll uwchben corff ei feistr marw gan udo'n dorcalonnus.

Mae Rhisiart wedi mynd yn syth am Harri Tudur, a sylwaf fod Rhys ap Maredudd yn gosod ei hun rhwng Harri a marchog arall sy'n ceisio'i gyrraedd. Mae'r Mab Darogan a'r Baedd yn cylchynu ei gilydd, y naill a'r llall yn chwilio am fantais.

Y Brenin sy'n taro gyntaf gyda gwaedd, *'Usurpers shall die!'* ond mae Harri'n amddiffyn ei hun yn sgilgar. Mae'r Baedd yn taro eto ac eto mewn gwylltineb llwyr. Mi fuaswn yn ei saethu, ond maent yn troi a throsi cymaint fel ei bod yn rhy beryglus. Eto mae'r Baedd yn taro ond, y tro hwn, mae'n colli peth ar ei gydbwysedd yn y cyfrwy mawr ac mae Harri'n manteisio ar hynny. Mae'n trywanu efo blaen ei gleddyf ac mae'r Brenin yn syrthio oddi ar ei geffyl. Syrthia helm y brenin yn y gwrthdrawiad trwm â'r ddaear, a gwelaf goron aur ysgafn yn rowlio fel olwyn o dan berth o eithin.

Â Rhisiart ar y ddaear, yn ceisio codi'n drwsgwl ar ei draed, mae'r ymladd o'n cwmpas yn peidio. Yn wir, sylwaf fod amryw o'r marchogion brenhinol yn troi i ffwrdd ac yn dianc. Mae'r Brenin yn mynd i farw ac maent yn gwybod hynny.

Llwyddodd y Brenin i ailafael yn ei gleddyf ac mae'n rhuo mewn cynddaredd yng nghanol cylch ein milwyr. Ceisia dau o'n dynion ei gyrraedd hefo'u cleddyfau hwythau, ond mae Rhisiart yn chwim ar ei draed a'i gleddyf hir yn hollti'r awyr o'i gwmpas gan wneud sŵn gwynt yn hisian.

Daw un o'n marchogion ymlaen a gwaywffon ganddo, yn amlwg gyda'r bwriad o drywanu'r Baedd o bellter diogel.

'Hold your lance,' meddai Harri Tudur yn uchel a neidio i lawr oddi ar ei farch.

'Let me be your champion, my lord,' cynigia Rhys ap Maredudd.

'No. I shall be my own champion this day,' atebodd Harri.

Mae'n codi'i gleddyf a symud tuag at y Brenin. Gwelwn fod y Baedd wedi anafu ei ysgwydd yn y godwm drom a gafodd, a does yna fawr o nerth yn ei drawiadau. Mae'n gwanio fwyfwy o dan drawiadau Harri Tudur. Prin bellach y gall gydio yn ei gleddyf ond mae'n ddewr anhygoel, i'r diwedd. Gydag un trawiad mawr arall mae Harri'n taro cleddyf y Brenin o'i afael yn llwyr ac mae yntau'n sefyll yno ar drugaredd Harri. Yn wir, mae'n syrthio ar ei liniau, wedi llwyr ymlâdd. Nid wyf yn gwybod hyd heddiw ymhle y trawodd o, neu rywun arall, y Baedd o Iorc am i mi droi fy nghefn ar yr olygfa. Daeth bloedd fyddarol gan y milwyr i gyd. Edrychais o'r diwedd. Roedd Brenin Lloegr yn gorff gwaedlyd ar lawr; hwn oedd yr olaf o frenhinoedd y teulu Plantagenet, a'r brenin olaf i farw ar faes y gad.

MAES BOSWORTH
Diwedd y Pnawn

Clywais sŵn carlamu trwm a bloeddiadau heriol. Dechreuais ymysgwyd oddi wrth yr hunllef a fu o'n cwmpas. Gwelwn gannoedd o wŷr meirch Syr Wiliam Stanley yn ysgubo i mewn o'r gogledd i ganol maes y frwydr. Cymerodd rai eiliadau i mi sylweddoli nad ymosod arnom ni yr oeddynt, ond yn hytrach yn anelu am filwyr Norfolk. Roedd y rheini wrthi'n ceisio sgrialu i ddianc o afael ein tair batel ar y tir gwastad yr ochr isaf i Fryn Ambion.

Nid oedd yn ymddangos y byddai'n rhaid inni ymladd bellach. Roedd byddin Stanley yn mynd i glirio'r maes. Draw i'r chwith gwelwn fyddin sylweddol a segur Dug Northumberland yn dechrau chwalu. Roeddent wedi teithio'n bell i fradychu eu Brenin.

Daw'r Dug ei hun tuag atom hefo'i osgordd i blygu glin i Harri Tudur. Mi ddaw y brodyr Stanley hefyd cyn hir, mae'n siŵr, ond ddaw Norfolk ddim. Mae o a'r Baedd yn farw gelain.

Yn sydyn cofiais weld rhimyn y goron aur yn rowlio i'r eithin a rhedais i chwilio amdani. Oedd, roedd hi'n dal yno. Cludais hi â pharch at Rhys ap Maredudd oedd wedi plannu'r Ddraig Goch yn y ddaear. Feiddiwn i ddim agosáu at Harri Tudur. Wedi'r cyfan, roedd o'n frenin erbyn hyn. Roedd Duw wedi rhoi'r fuddugoliaeth iddo, a gweddillion y fyddin Iorcaidd yn brysur yn ceisio dianc i bob cyfeiriad. Mae'n debyg i Stanley erlid a lladd rhagor ohonynt cyn belled â Dadlington a thu hwnt.

Gwelwn Nhad a Lleucu yn eistedd draw ychydig oddi wrth y cynulliad o gwmpas Harri Frenin a'r Iarll Jasper. Daliai Rhys ap Maredudd y goron o hyd, ac amneidiodd Jasper arno i agosáu. Gwnaeth hynny, ac roedd yn plygu o flaen Harri Tudur pan roddodd hwnnw arwydd iddo i godi ar ei draed ac, yn rhyfedd iawn, Harri aeth ar ei bengliniau o'i flaen yntau.

Gwelwn Rhys ap Maredudd yn llyncu'i boer cyn mentro estyn ei ddwylo allan a gosod y goron ar ben y Brenin. Ymgroesodd Harri, a gwnaeth pawb arall yr un fath. Daeth bloedd o rywle: *'The King is dead. Long live the King!'* ac yna pawb yn ategu *'Long live the King!'*

Clywais yr enw Leicester yn cael ei ddweud, a phobl yn paratoi i ymadael. Roedd rhywun arall yn ymadael hefyd. Mae'n rhaid mai fo oedd o, y brenin. Nage, y cyn-frenin. Roedd corff noethlymun yn hongian ar draws cyfrwy ceffyl – ei ben ar i waered un ochr a'r coesau ar yr ochr arall, a milwr yn tywys y march oddi ar y maes. Cerddai hanner dwsin o bicellwyr arfog o bobtu.

'Take him to the Franciscans in their abbey in Leicester. Let them bury him without pomp,' gorchmynnodd un o swyddogion Harri Tudur.

'Mynd â'r baedd i'w gladdu,' meddai Nhad wrth imi fynd i eistedd yn ei ymyl ef a Lleucu. Roedd pawb wedi llwyr ymlâdd, ond roeddem ein tri yn ddiogel, diolch byth.

Daeth Owain ap Tudur atom.

'Wel, fy mhobol annwyl i. Ffarwél dros dro. Byddaf yn dilyn y Brenin Harri o hyn ymlaen. Rwyf wedi rhoi fy ngair iddo y byddaf yn un o'r fyddin fechan sy'n ei hebrwng i Lundain fory i'w goroni. Mi fydd yna briodas hefyd, yn ôl pob tebyg. Mae o i briodi Elizabeth o Iorc, merch Edward IV, mewn ymgais i ddod â heddwch rhwng y Rhosyn Coch a'r Rhosyn Gwyn.'

'Gobeithio'n wir mai felly y bydd hi,' meddai Nhad. 'Rydan ni wedi gweld digon o waed heddiw i bara oes. Ydi pawb o Benmynydd yn iawn?'

'Nac ydyn,' meddai Meistr, a'i lais yn torri. 'Mae Madog a Goronwy Fychan wedi'u lladd.'

Ni allem ddweud dim am ysbaid hir a'r unig sŵn oedd sŵn

Lleucu'n crio.

'Mi awn ni i chwilio amdanyn nhw a'u claddu,' meddai Nhad mewn sbel, 'cyn iddyn nhw fynd ar goll gyda'r cannoedd cyrff eraill.'

'Mae'n ddrwg gen i orfod eich gadael heb roi cymorth i chi wrth y gwaith,' meddai Meistr. 'Cadwch at eich gilydd, a dilynwch Rhys Fawr yn ôl i'r Foelas. Fyddwch chi fawr o dro yn mynd o'r fan honno i Fôn. Dywedwch wrth Meistres ac Angharad fy mod i'n ddiogel, ac y byddaf yn ôl adra cyn gynted ag y bydd Harri Tudur ar ei orsedd mewn heddwch. Dyma i chi arian ar gyfer y daith.'

Ymhen ychydig wedyn roedd Meistr wedi mynd ar ôl yr osgordd frenhinol.

'Well i ninnau fynd i ymorol am fwyd, er does fawr o awydd arna i chwaith,' meddai Nhad. Roeddwn yn dal ar fy eistedd, yn gwylio nifer o ferched yn plygu ymysg y cyrff rhyw ganllath i ffwrdd, a'r rhan fwyaf ohonynt yn galaru'n uchel.

Daeth rhyw sŵn o'r tu ôl imi a gwaedd sydyn oddi wrth Lleucu. Trois a gweld marchog gwaedlyd yn trywanu Nhad yn ei gefn â dagr hir ac yna'n troi arnaf fi'n syth bìn.

'*Bloody Welsh!*' rhegodd a'i ddagr uwch fy mhen. Ceisiais droi a chodi ond roedd yn fawr ac yn gryf ar waethaf ei anafiadau ei hun. Gafaelodd ynof gerfydd fy ngwar a theimlais ef yn rhwygo fy mraich efo'i gyllell wrth i mi geisio amddiffyn fy hun. Roedd ar fin torri fy ngwddf pan blannodd Lleucu saeth yn ei feingefn gyda'r fath nerth fel y torrodd y saeth hwnnw yn ei hanner. Hoff saeth Nhad oedd o, yr un efo'r plu paun.

Gorweddai'r Sais mawr ar draws fy nghoesau, ond cythrais fy hun yn rhydd. Roedd Lleucu a minnau wrth ochr Nhad mewn chwinciad, ond roeddem yn rhy hwyr. Roedd yn farw. O! Dduw Dad!

Doedd yna ddim y gallem ni'n dau ei wneud ond cydio ynddo, gan wylo o waelod ein calonnau briw uwchben ei gorff llonydd.

Y FOELAS
30 Awst

Mae yna wythnos wedi mynd heibio ers i Lleucu a minnau adael maes gwaedlyd Bosworth, a bellach rydym wedi cyrraedd plas y Foelas. Bu Rhys ap Maredudd yn ofalus iawn ohonom ac rydym yn ddiogel yma. Byddwn adref ym Mhenmynydd ymhen rhyw dridiau. Fel rheol, mae dyn yn falch o gyrraedd ei gartref, ond mae ganddon ni'n dau newyddion mor drist i'w hadrodd wrth Mam. Fe ddaethom o hyd i Madog a Goronwy a'u claddu, a chawsom help gan rai o ddynion Rhys ap Maredudd i gladdu Nhad ar ei ben ei hun o dan gysgod coeden ywen y tu allan i bentref Shenton. Mae'r ywen yn goeden sy'n byw am ganrifoedd, felly mae'r fan wedi'i nodi am amser maith iawn.

Doedd yna ddim brawd o fynach nac offeiriad ar gael i gynnal gwasanaeth, ond fe adroddodd Rhys ap Maredudd ychydig eiriau Lladin uwchben y groes fechan a blannodd yn y ddaear. Doeddwn i'n deall 'run gair, ond fe swniai'n ddefosiynol iawn. Bydd yn fymryn bach o gysur i Mam pan ddywedwn wrthi. Ni welsom gladdu Syr William Brandon. Fe'i cludwyd i ffwrdd, a Samson Fawr yn dechrau ei ddilyn yn benisel gan udo crio. Beth ar y ddaear fyddai'n digwydd i'r creadur? Gelwais ei enw'n uchel a'i ddenu ataf. Safodd yn llonydd am foment ac wedyn cymryd cam neu ddau ymlaen. Gelwais eto a safodd. Trodd i edrych arnaf i, ac yna unwaith yn rhagor ar ei feistr marw. Yna, bendith arno, daeth ataf heb wneud dim sŵn a rhwbio'i ben mawr yn erbyn fy nghoes.

Roedd lwmp yn fy ngwddf wrth imi ei arwain i ffwrdd. Mae o wedi ein canlyn yn ffyddlon bob dydd ers hynny.

Cawsom swper ein dau gan Lowri ach Hywel, meistres y Foelas, ac rydym yn medru bwyta'n dipyn gwell erbyn hyn. Ond cyn inni wahanu i fynd i gysgu rydym yn sefyll ein dau yng ngolau anferth o leuad lachar, fel petai Lleuad Fedi wedi codi o flaen ei hamser.

Mae Lleucu'n dawel iawn wrth fy ochr, ac rydw i'n meddwl am y llofft stabal ym Mhlas Penmynydd ac am y bylchau fydd ymysg y gweision yno'n cwmnïa. Yn sydyn, mae Lleucu'n dechrau siarad.

'Rhys,' meddai, 'mae gen i rywbeth pwysig i'w rannu hefo ti.'

'O! ia? Beth felly?' meddwn, gan geisio llonni dipyn.

'Rhywbeth y gwyddwn i amdano ers rhai blynyddoedd, a dweud y gwir.'

'O! Mae'n swnio'n bwysig.'

'Wel, mi fedrai fod yn bwysig, efallai. Mae hynny'n dibynnu arnat ti …'

'Sut felly?'

'Paid â dychryn a phaid â gwylltio hefo mi . . .'

'Ar ôl bod ar Faes Bosworth, dwi ddim yn credu y gwnaiff dim byd fy nychryn gymaint eto. Dwêd dy ddweud, Lleucu.'

'Tydan ni'n dau ddim yn frawd a chwaer.'

Torrodd ei geiriau fel taranfollt. Chefais i mo fy nychryn fel y cyfryw, ond fe'm syfrdanwyd yn llwyr. Ni fedrwn ddweud dim, dim ond edrych arni.

'Doedd Gwilym Gam ddim yn dad i mi, a tydi dy fam ddim yn fam i mi chwaith …'

'Ond …?'

'Mi wnaethon nhw fy magu er pan oeddwn i'n faban. Plentyn siawns cyfnither bell i Gwilym Gam ydw i.'

Bu tawelwch hir rhyngom nes i Lleucu ofyn, 'Wyt ti wedi

digio hefo mi, Rhys? Am fy mod i wedi dweud?'

Ystyriais yn ofalus cyn ateb.

'Wedi digio? Nac ydw siŵr! Wyddost ti beth? Roeddwn wedi synhwyro rywbeth. Fel petait ti ddim yn chwaer i mi rywsut. Dwi ddim yn gwybod. Dim ond rhyw deimlad rhyfedd ...'

'Mae'n ddrwg gen i dy synnu di, ond ti'n gweld, rŵan mae dy dad wedi marw fedra i ddim mynd ymlaen yn cymryd arnaf mod i'n ferch iddo fo ac yn chwaer i tithau. Paid â meddwl am eiliad nad oeddwn i'n meddwl llawer ohono. Rydw i'n ddyledus iawn iddo ac i dy fam, ond wedi popeth sydd wedi digwydd yn ddiweddar dwi'n meddwl ei bod hi'n bryd cael dechrau o'r newydd rŵan.'

Roeddwn i'n cnoi cil ar bopeth roedd hi wedi'i ddweud.

'Diolch iti am egluro'r sefyllfa, Lleucu. Mi fydda i'n siŵr o ddygymod â'r cwbl ymhen amser, ond am y tro, byddai'n well inni fynd i glwydo.'

Dyma droi at adeiladau'r Foelas, ond cyn gwahanu fe'i gelwais yn ôl ataf. 'Lleucu,' meddwn i, 'tyrd yma am funud. Dwi'n falch iawn o glywed dy newyddion di. Mewn gwirionedd dwi'n fwy balch bob munud ...'

Daeth Lleucu i sefyll wrth fy ymyl, a gwnes innau rywbeth na wnes i erioed o'r blaen. Rhoddais gusan sydyn iddi ar ei boch. Gwenodd arnaf a chydio'n dynn amdanaf a minnau amdani hithau. Buom yn sefyll felly yn hir.

Y noson honno, cyn syrthio i gysgu yn y gwellt wrth ochr Samson Fawr, mi wyddwn i pwy roeddwn ei heisiau'n wraig i mi. Ac roedd gen i fodrwy ddrudfawr i'w rhoi iddi, on'd oedd? Modrwy hardd y Brenin Harri.

ÔL-NODYN
Maes Bosworth

Lleolir Maes Bosworth tua 12 milltir i'r gorllewin o Gaerlŷr, rhwng Market Bosworth i'r gogledd a Stoke Golding i'r de. Ers tro mae rhai haneswyr yn honni mai tua dwy filltir ymhellach i'r de yr oedd y safle, yng nghyffiniau Dadlington a Stoke Golding. Mae'n wir i doreth o sgerbydau gael eu darganfod yn yr ardal honno, fel petai brwydr wedi digwydd yn y cyffiniau. Nid oes neb wedi profi dim, ac felly mae'r sefyllfa'n ansicr er, fel mae'n digwydd, ceir bryn yn ymyl Stoke Golding o'r enw Crown Hill. Ond ar yr ochr ogleddol i'r maes y mae Market Bosworth, ac nid ar yr ochr ddeheuol.

Ar ben Bryn Ambion sefydlwyd canolfan ddiddorol y gellwch ymweld â hi. Yno ceir pob math o wybodaeth am y frwydr a'i chefndir – yn bamffledi, llyfrau, lluniau ac ati – a dangosir fideo yn y theatr. Gellwch gerdded maes y frwydr ac mae safleoedd y byddinoedd wedi eu marcio wrth i chi ddilyn llwybr yr ymwelwyr.

Mae'r wybodaeth a gewch chi yn y ganolfan yn tueddu i ffafrio'r Brenin Rhisiart III yn erbyn y Cymro, a cheir cymdeithas sy'n galw eu hunain yn 'Society of the White Rose'. Bathodyn yr Iorciaid oedd y rhosyn gwyn. Maen nhw'n methu derbyn y ffaith i'r Cymro guro'r Sais a dod yn frenin medrus dros ben. Maent yn dewis anghofio i gynifer o Saeson, gan gynnwys Iorciaid, fradychu eu brenin eu hunain neu ymatal rhag ei gefnogi o gwbl. *Usurper* y maent yn galw Harri, sef un sy'n cymryd y goron heb fod â hawl iddi. Maent yn anghofio mai dyna'n union a wnaeth eu harwr hwy eu hunain, Rhisiart III. *Usurper* oedd yntau hefyd.